若崎拓馬

JN126965

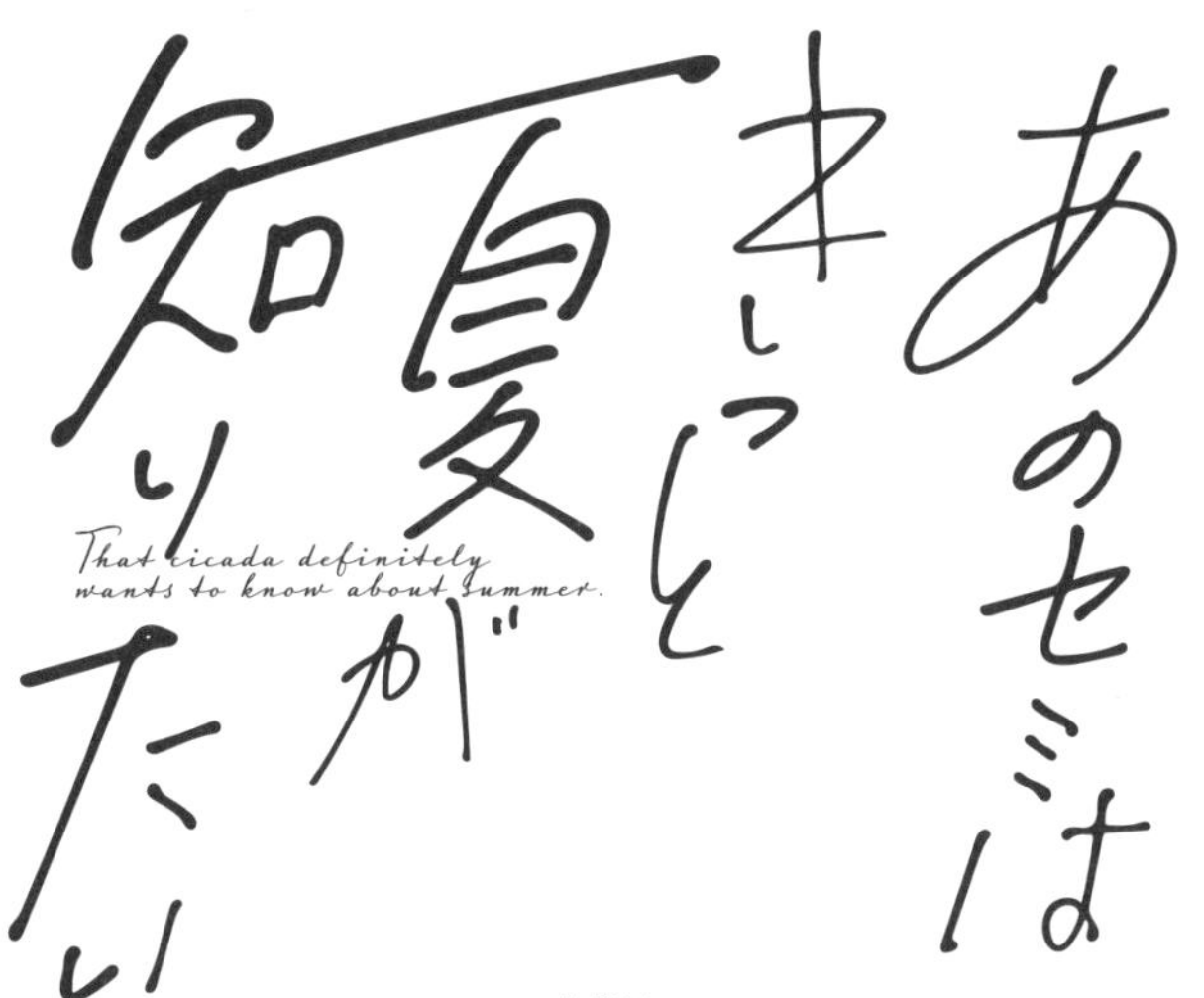
あのセミはきっと夏が知りたい
That cicada definitely
wants to know about summer.

文芸社

プロローグ

やかましく鳴り続けるアラームの音。

スマホの目覚ましによって目を覚ました僕は、緩慢な動きでスマホを操作した後、ベッドから起き上がり大きく伸びをした。

寝ぼけ頭のままキッチンへと向かい、電気ケトルに水を注いで、電源を入れた。そのままシンクの洗い場で顔を洗う。本当はお風呂にでも入って、体の寝汗も洗い流したいところだが、そこまでの余裕はない。いつもなら、まだ寝ている時間なのだが、昨日届いたメールがそれを許さなかった。

どうやら、今日の朝早くに臨時会議が開かれることになったらしく、全員が参加するようにとのことだった。仕事柄、普段から早起きなのだが、こうして会議のある日は、さらに早起きしないといけない。できることなら、もっとゆっくり寝ていたいのだが、遅刻すれば上からのお叱りは必至だ。諦めるほかない。

顔も頭もさっぱりしたところで、朝食を摂る。事前に買い込んでおいた菓子パンと、お湯を注いで作るインスタントコーヒー。何も考えずに詰め込んだビニールの中から、メロンパンを取り出した。今日は甘いものが食べたい気分。

　パンを食べている途中でお湯が沸いたので、粉末を多めに入れたカップにお湯を注いだ。舌に残る甘みを、苦いだけのコーヒーで流し込み、今度は洗面台へ。一日放っておいただけで、あっという間に伸びた髭を剃り、歯を磨いた。

　リビングに戻り、充電していたスマホで時刻を確認すると、もうそろそろ出ないといけない時間だった。少し急ぎめに、いつもの場所にかけてあるワイシャツを着て、荷物を持ち、家を出る。

　鍵をかけ、もう明るい朝日に目を眩ませながら、アパートを出て歩き始めた。アパートの周りは、雑草が生(お)い茂り始めている。

　職場へ向かう途中、いつも通る公園の傍を歩いていると、セミの鳴き声が聞こえてきた。

「もう、夏が来たんだな」

　夏の感じ方は人それぞれだろうが、僕の場合、セミの鳴き声が聞こえると、もう夏がやってきたんだなと実感する。

　そうなったのも、彼女のおかげだ。

「あれから、もう、十五年か……」

　時の流れは早いものだなと、月並みなことを思う。

そう、彼女と出会ったのは十五年前。僕に忘れられない夏の思い出をくれた、大切な、大切な人だ。セミの鳴き声は、いつも彼女との思い出を運んでくれる。

僕は晴天の下（もと）を歩きながら、彼女との出会いに思いを馳せた。

1

十五年前、僕が小学五年生のときだ。

あのころの僕は、自他共に認めるやんちゃ坊主だった。悪ふざけをして、先生に怒られていたのが、とても懐かしい。

学校内を友人たちと走り回って、先生に怒られることなど日常茶飯事。昼休みだけでなく、掃除の時間も、授業と授業の合間にも友達と一緒に騒ぎ立てたり、授業中にも調子に乗って、その場に立たされたりする。そんな子どもだった。

あの日も同じように、僕は馬鹿をやっていた。

まだ梅雨が明けていないころ。雨が降っていて外で遊べなかった僕は、友人の誠也（せいや）と一緒に、教室で野球もどきをしていた。いらないプリントを丸めて、セロテープで広がらないように固定する。これをボールとして使い、箒（ほうき）をバット代わりにする。一対一の勝負で、三振するか、打った球をピッチャーが取れば、アウトで攻守交替。打球をピッチャーが取れなかったら、一点獲得。そんなルールだったと思う。雨が降っている日は毎回、これで遊ぶほどに、僕らにとっては人気の遊びだった。

僕が一点勝ち越したところで攻守交替。僕が投げる側、誠也が打つ側に回った。

スコアは3—2。取っては取られを繰り返す接戦だった。

「このまま勝たせてもらうからな」

「何を言ってんだ。俺が二点取って勝ち越せばいいだけだろ？」

ボールをぎゅっと握り直した。セロテープの固定が緩んでしまい、ボールと呼ぶには少しいびつな形になってしまったそれを、持ちやすいように手の中で転がしてから、第一球を投げた。タイミングが合わず、誠也が空振り、ワンストライク。

続く二投目。今度はバットの位置が合わず、ツーストライク。しかし、タイミングはしっかり合わせられていた。

このまま抑え込めるのか、それとも……僕らの間に緊張が走った。

三投目。テレビで見た野球選手のフォームをイメージしながら、僕の渾身の球を投げる。誠也はそれを打ち返した。芯を捉えきれずに打ち返された球は、ゆっくりと僕の頭上を飛んでいく。

床に落ちる前に取れば、アウトだ。僕は後ずさった。天井を見上げながら、球の位置を探って、後ろへ飛び込むように身を投げ出した。

ボールは、僕の手の中に収まるはずだった。身を投げ出したその先が、教室の廊下側の窓でなければ。

ガシャンと、ガラスの割れる音を間近で聞き、脳天に痛みが走った。後ろを見れば、ガラスに穴が開いており、一部に赤い血がついていた。

ざわつく教室。周りが何を言っているのかを気にしているほど余裕はなかった。頭の痛みに、涙をこらえるので精いっぱいだった。

その後、痛みで何も考えられなかったためか、気を失ったのかは定かでないが、記憶がしばらく飛んでおり、気がつけば、自分は知らないベッドに寝かされていた。

その場にいた母からの説明を聞く限り、どうやら、ガラスで頭を切ったのが原因で、学校から一番近くにある大きな病院へと運ばれたらしい。

幸い、傷は大きくなかったので処置は早く済んだのだが、安静のため、一週間は入院する必要があるとのことだった。

小学生のころの僕にとって、その時間は退屈で窮屈なものだった。

何せ元気はつらつな小学生だ。室内で本なんか読むぐらいなら、外でボールでも蹴って遊んでいるほうが断然良い、と考えていたような子どもだったから、ベッドの上にずっとなんて考えられなかった。

入院した次の日。クラスメイトは学校に行っている時間帯に、安静にと言われていたのも気にせず、僕はベッドから抜け出して病院の中を探検することにした。そのころの自分には、こんなにも広い建物なんて小学校か、デパートぐらいしか行ったことがなくて。この病院は、デパートと同じか、それ以上の広さをもつような建物だったものだから、好奇心丸出しになったのも無理はないだろう。

自分の病室から顔を少しのぞかせて、周りを見渡し、看護師が廊下の奥へと体を向けたのを見て、こっそり病室を飛び出した。

白い廊下をこそこそと歩いて、階段を下りた。下りるときも自分の姿を見られないように、先に下を確認してから体を低くし、音を立てないよう慎重に移動する。まるで泥棒だとか怪盗なんかの気分だった。

三階から二階に下りたその次は、試しに二〇一号室に入ってみる。廊下に誰かいるかもしれないので様子を探り、廊下にいた看護師が別の病室に入ったのを確認して、その病室の中をのぞき込んだ。中には誰もいない。僕は堂々と病室の中に入り込み、棚やベッドを探索し始めた。いけないことをしている自覚はあったけれど、遊びにはまり込むのが楽しくてやめられなかった。

いろいろと探したものの、めぼしいものは見つからず、またばれないようにこっそりと病室を抜け出して、次の病室へと移った。

二〇三号室にも人はいなかった。部屋を物色していると、小さな冷蔵庫の中に目薬が置いてあるのを発見した。おそらく以前、この病室を使用していた人の忘れものだろう。そのときにはそんな考えに思い至らず、別に使うわけでもないはずのそれが宝物のように思えた。

僕は大事にポケットへとしまい込み、きちんと外の様子を確認してから部屋を出た。お宝を発見したおかげか、さらに気分が高揚した状態のまま次の病室へと移動する。二〇五号室、そこに彼女はいた。

扉を開け、中をのぞき込むと、僕と同い年ぐらいの女の子が一人ベッドに座り本を読んでいた。

肌は健康的とはとても言えないくらい白かったのだけれど、それだけに頬と唇の赤さと、肩まで伸びたきれいな黒髪が際立っていて、僕にはそれが、お化けのような怖さよりも、名画のような美しさだと、子どもながらに感じられた。

しばらく彼女から目を離せずにいると、本から顔を上げた彼女がこちらを見た。突然目が合ったものだから、慌てふためいた僕は何も言わずに扉を閉めようとした。

「あっ、ちょっと待って」

部屋から聞こえる女の子の声。病室にはその子しかいないのだから、彼女が発したものに間違いなかった。僕はぎくりとして手を止めた。

心に浮かんだのは焦りと罪悪感。自分がいけないことをしている自覚はあったので、怒られるのではないかと身をすくめた。でも、そんな僕の予想とは全く違い、ゆっくりと扉を完全に開けると、彼女は少し儚げな笑顔でこう言ったのだ。

「ねえ、君はいつ来たの？」

　思っていたものとは違う言葉に、僕はぽかんとしてしまった。彼女の顔を見ても、怒っているようには到底見えない。

「えっ、今さっき……」

　少し間を空けてそう答えると、彼女は小さく首を振る。

「違う違う。いつこの病院に来たの？」

「えっと、昨日だけど」

「そうなんだ」

　彼女の目が細くなり、笑みがさらに深くなる。ただそれだけのしぐさに僕は見とれてしまい、目が離せなかった。

　二人の間に広がる沈黙。少しばつの悪さを感じて、僕は口を開いた。

「その、君はいつからこの病院にいるの？」

「覚えてない。昔からずっと入院しているの」

「そう、だったんだ」

　僕は目を伏せ、口を閉じた。小学生でも、これはデリケートな話だということは分かったから、興味半分で聞いてしまったことを申しわけなく感じた。

けれど、目の前の女の子は全く意にも介さないように、

「気にしないで。それよりもお話ししようよ。お話しする相手がいなかったから、ずっと本ばかり読んでいたの。もう飽き飽き」

僕の目をじっと見つめながら、彼女は言う。

「もし、時間があったらでいいんだけど……ダメかな？」

「そんな、いいよ。時間なら大丈夫だからさ」

僕は高鳴っている自分の胸に気がついた。このころ、女性相手にどきどきするなんて、きれいな大人の女性ぐらいだったのに、同い年ぐらいの女の子に、こんな感情を抱くなんてびっくりだった。

僕は少しどぎまぎしながらベッドの近くに置いてあった椅子に座った。

彼女のほうは、僕が座ったのを確認した後、読んでいた本を傍に置いて、こちらのほうに体を向けた。

「まずは、君のことを教えて？　名前は？　小学生だよね？　どこの小学校に通っているの？」

僕は固くなりつつ、少し噛みながらも自己紹介をした。自分の名前、この病院の近くにある小学校に通っていること、そして、自分の学年について。

うんうんと相槌を打ちながら彼女は聞いていた。

「浅野、正樹くんっていうんだ。漢字は、正しいに……『き』って大樹の樹に使う漢字で合ってる？」

「うん、合ってるよ」

「今、五年生ってことは、十歳？」

「そうだね、まだ誕生日じゃないから、十歳で合ってる」

「なら、私と同い年なんだね。今学校ではどんなことをやってるの？」

「どんなことって、普通に授業をやってるけど……」

　彼女の赤い頬は膨らみ、ふくれっ面になる。

「もう、その授業について教えてほしいって言ってるの」

「えっ？　なんで……」

「私は、本でしか授業というのを知らないから」

　このときの僕はここに至って、彼女がここにずっと入院していることと、普通に授業に行けないこととが繋がった。彼女と突然話をすることになって緊張していたし、浮かれてしまっていたとはいえ、どうして早く気づけなかったのだろう。

「その……ごめん」

「ううん、別に怒っているわけじゃないから安心して。それよりも早く話してほしいな。授業の話、すっごい興味があるの！」

今にもベッドから落ちそうなくらい身を乗り出す彼女に驚きの色を隠せずにいながら、彼女の言葉に少し安心もしていた僕は、ほっと一息入れて話を始めた。

「それじゃあ、昨日のことなんだけど」

「うんうん」

「社会の授業で、農業のところをやったんだ」

「農業って、お米とか野菜を作るお仕事だよね？　君も作ったの？」

「違うよ。どういった場所が農業をするのに向いているかとか、いつやるのとか、そんなことを教えてくれた」

「例えば、どんな？」

「えっと……昨日したのはお米を作る人たちの話だったんだけど、お米を作るには、広くて平らな場所で、水がたくさんあって、水はけのいい土があるところがいいんだって」

「なんで、なんで？」

「田んぼは見たことある？」

「テレビでなら」

「田んぼってあんなふうに広く場所を使って、水をためる必要があるから、広い場所に、たくさんの水が必要なんだけど、それだけだとダメなんだって。いつも新しい水じゃないと稲がちゃんと育たないから、古い水がちゃんと流れてくれるような、水はけのいい土も必要なんだって」

「そうなんだ！　ただ水をあげるだけじゃダメなんだね」

　彼女の目がキラキラと輝く。本当に面白いことを教えてもらったときのような、驚きと感動に満ちた表情をしていた。

「ねえねえ、他には？」

「あと、さっき言った水の話なんだけど、稲作はたくさんの水が必要って話したよね」

「うん、水をため込むんでしょ？」

「そうそう。稲って、大きくなるまでは、常に水を張っていないといけないから、その間はたくさんの水が必要だし、成長したら、今度は水を抜かないといけないしで、水の管理が大変なんだって。僕らの班で調べた本には、そう書いてた」

「へえ、植物なのに、水を抜かないといけないんだ、面白い！」

「そうしたほうが、根っこがしっかり育つんだって」

「そうなんだ！　他には、どういったことをやったの？　社会だけじゃなくて、別のやつも聞きたい！」

「他には――」

その後も、僕は授業のことについて、真面目に受けていないなりに一生懸命、彼女に話した。昼休みに頭を怪我して早退したから、午前までに受けた授業の話しかできなかったけど、それでも彼女は楽しそうに聞いてくれた。

「なんだか、すごく楽しそうだね」

すごく弾みのある、楽しそうな声で彼女は言う。

「楽しそうって、授業が？」

「うん。先生から何かを教えてもらえるなんてすごく楽しそう」

僕には、彼女の言っていることが理解できなかった。先生から何かを教えてもらうことが楽しいなんて、ありえない。とまで考えていた。

「絶対そんなことはないよ、ずっと椅子に座りっぱなしなんてさ。外でかくれんぼもドッジボールもできないし」

「でも、自分の知らないことを知ることができるのよ。私は知らないことばっかりだから、すごく楽しそう」

自分の知らないことを知ることができる。それがすごく楽しい。

僕は授業をそんなふうに考えたことが一度もなかった。正確には低学年ぐらいのころはそうだったのかもしれない。けど、そのころの心境なんて、このときにはあまり覚えていなかった。

「あれ、もうこんな時間。そろそろ看護師さんがご飯を持ってくる時間だし、もう戻ったほうがいいんじゃない？」

部屋の時計を見るとお昼どきだった。確かにそうかもと思った僕は、自分の部屋に戻ることにした。そもそもこっそり自分の病室を抜け出してきたのだ。いないことがばれる前に戻ったほうがいいに違いない。

「ねえ、この病院にいつまでいるの？」

僕のほうに向けていた体を元に戻し、壁に立てかけるように置いてあった枕にもたれかかりながら彼女は言った。

「えーと、よく分からないけど、一週間は入院する必要があるんだって」

「だったら、また明日も来てくれないかな？　私と同い年の人なんて病院にはめったにいないし、いたとしてもおしゃべりをする機会なんて全然ないから……」

お願い、と上半身だけこちらに向けて、彼女は両手を合わせ僕に頼み込んできた。彼女の声としぐさが、僕の知っていたアニメや漫画に出てくる女の子みたいで、とてもかわいらしかったものだから、断るなんて考えはどこかに飛んでいた。

「分かった、明日も来るよ。僕もすごく暇だし。また話そう」

「うん、待ってる。また明日ね」

椅子から立ち上がり、部屋を出ようとしたところでふと、彼女の名前を聞いていてなかったことを思い出す。

「そういえば、君の名前を聞いてないや」

「あっ、ごめんね」

申しわけなさそうな顔をして、コホンと小さく咳払いをする。そして自分の胸に手を当て小さくお辞儀をしながら自己紹介をした。

「私は一之瀬（いちのせ）、美波（みなみ）。明日もよろしくね。正樹くん」

その日の夜。

お見舞いに来てくれた親は帰っていった、というか帰ってもらったから、一人病室にいた。一つの病室にベッドは二つあるのだけど、僕のところはもう一つが空だった。さすがに夜の病院を出歩くのは危ないだろうし、正直怖いというのもあったから、ベッドでじっとしている。

退屈だった。とてつもなく。

ゲームはすぐに飽きたし、本なんて持ってきていないし、持ってきたところで読む気になんてならない。退屈しのぎになりそうなものは周りに一切なかった。

もし、ここが僕の家や友達の家なら、周りに家族や友達がいて、僕と一緒に話をして騒いだり、何かをして遊んだりできた。もちろん夜だから、できることは少し限られているけれど、それでも何もできない時間ではなかった。

病室で、こうしてじっとして寝ていないといけない時間は、文字どおり、何もできない時間なのだ。寝ることと、考えることしか許されていない時間だった。

そこでふと、昼に出会った彼女のことが頭をよぎる。

――ああ、美波ちゃんは、夜だけじゃなく、昼もこんな毎日を過ごしていたのかな？

そんな毎日を想像して身震いした。そんな退屈な日々を過ごすなんて、考えられなかった。昼は学校で、授業というつまらないものがあるけれど、それでもこんな退屈を覚えるほどではなかった。

僕が彼女のところに行って、一緒に話をするだけで、彼女の退屈が、どこかへ飛んでいくというのならば。

――うん、決めた。美波ちゃんといっぱい話そう。退屈な時間なんて全部吹き飛んじゃうくらい、たっくさん話そう。

心の中でそう決心した僕は、明日朝早く、彼女――美波ちゃんの元に行くために、その日は早く寝ることにした。

高鳴る胸を右手で押し込めるようにして、冴えている目をまぶたで押さえつけるようにして、夜を過ごした。

次の日、急いで朝食を済ませた僕は彼女の部屋を訪れた。今度は寄り道なんかせずまっすぐに。

彼女は昨日と同じく本を読んで待っていたようで、僕がやってくると、読んでいた本にしおりを挟み、顔を上げて僕に微笑んだ。

「正樹くん、本当に来てくれたんだ。ありがとう！」

「いや、別にいいよ。僕だって暇なんだし」

本を枕元に置いて、体を僕のほうに向ける。前と同じ体勢だ。

「それじゃ、授業のお話が聞きたいな。何でもいいからお話を聞かせて」

僕はまた椅子に座り、彼女に自分が特に印象に残った授業について話をした。

このときは事前に話そうと思っていたことを、いくつか頭の中にリストアップしていたので、いろんな授業の話ができた。

国語の授業では、テキストのワンシーンを演じる劇を、グループの皆で面白おかしくやったこと。理科の実験では、ヨウ素液というものを、ジャガイモにかけたときのこと。体育の話では、自分の活躍でチームを一位に導いたこと。どの話も彼女は楽しそうに聞いてくれていた。

そうしてひとしきり話し終わると、ちょうどお昼どきになっていた。

「今日もありがとう正樹くん。明日も来てくれるとうれしいな」

「明日も？　午後は来たらだめなの？」

僕の問いかけに、彼女は暗い表情を見せた。

「今日の午後は、お母さんが来るから。お母さんがいる前では学校の話、あまりしたくないし」

「どうして、お母さんのいる前で、学校の話をしたくないの？」

「……お母さん、そういう話をすると、いつも悲しそうな顔をしちゃうから。だから、ごめんね。また明日に来てくれると、うれしいな」

このやり取りのことは、今思い返しても、本当に申しわけなくなる。子どもだったとはいえ、どうして彼女のことを察してあげられなかったのだろうか。

「分かった。また明日ね」

手を振る彼女に、僕も手を振り返しながら部屋を出た。

階段を上がり、自分の病室へと戻ると、ちょうど看護師が昼食を持って自分の病室へとやってきていたタイミングだった。

「安静にしていないとダメでしょ」と看護師からは注意を受けたが、何となく学校でのやり取りと、どこか重なるところがあって、少し面白かった。

看護師が持ってきてくれた、薄めの味つけがされた昼食を摂りながら、これからのことを考える。

さっき言われたことだし、午後は彼女のところに行くのはやめておくことにした。病院の探索は、昨日、午後の時間を使ってこっそりやっていたので、この病院に退屈しのぎになりそうな場所はないことが分かっていた。大人だったら、待合広場に置かれている雑誌や新聞なんかを読んで暇つぶしできるのだろうが、子どもの僕には、そんなものを読む気になれなかった。

つまり、またも暇な時間ができてしまったのだ。

仕方なく、昨日、先生にもらった宿題を進める。プリントの文中に用意された空欄を埋める作業は、退屈でつまらないものだった。途中で何度か問題を解く手を止めたりもしたけれど、他にやることも思いつかなくて、結局、宿題を解き進める。

夕日が差し込むころに、今日の分の宿題をやり終えてしまっていた。

達成感も束の間、お見舞いにやってきた先生が、また新しい宿題のプリントを渡してきた。退院するときに提出すればいいことになっていたそれを、昨日今日で終わらせていたことを、先生は褒めてくれたが、せっかく頑張って終わらせたのにと、正直、複雑な気分だった。

この調子でしっかりやるように、と言い残して先生が去っていくのと入れ替わりで、今度は母がやってきた。

母に、先ほどの先生とのやり取りについてしつこく聞かれ、少しうんざりしながらも答える。

「普段、あれだけ言っても宿題をやろうとしないのに……頭を打って、性格でも変わったのかしら？」

冗談交じりに言う母に、僕は、今日の彼女の言葉を思い返していた。

――お母さんは、学校の話をあまりしたがらない、か……。

僕は、よく学校の話を母に話す子どもだった。学校でこういうことをして遊んだとか、友達が今日こういうことをしていたとか。その後で、宿題はちゃんとやりなさいと言われるまでがお約束だった。

彼女は、お母さんと一体何の話をしているのだろうと思った。こうして何にもすることのない病院の中では、誰かに伝えられるような面白い出来事なんて、そうそう起こりようがない。

それこそ、僕の話を目を輝かせ、嬉々（きき）とした表情で聞いてくれる、あの時間以外には。

――明日からも、美波ちゃんのために行ってあげるんだ、絶対。

明日話すこと、看護師にばれないように病室を出入りする方法、それらを考えるうちに、夜が更けていった。

そのときにはもう完全に、入院中の退屈しのぎなんて考えは消えていた。


「ねえ、学校には宿題っていうのがあるのよね？」

次の日、備えつけの椅子に座った僕に向けての、第一声がそれだった。

「うん、あるけど、それがどうかした？」

「どんなものか、ちょっと見てみたくて……あ、でも正樹くん入院しているから、宿題とかないのかな？」

「いや、出されてるよ。先生が毎日持ってきてくれてる」

「本当？　良かったらでいいんだけど、見せてもらっても、いい？」

宿題を見せてほしいと言われるとは思ってもみなかった僕は、少し戸惑ったけれど、すぐに頷いた。せっかく昨日、いろいろと話すことを考えていたのに、なんて言葉は飲み込んだ。

「少し待ってて。取りに行ってくるから」

大急ぎで彼女の病室を出て、自分の病室へ宿題のプリントを取りに行った。もちろん、看護師に見つかって、また怒られるのは面倒だったので、そちらも警戒しながら。

病室に戻ってくると、彼女はベッドに備えつけられている台を広げていた。右手には鉛筆が握られている。

「宿題、ちょっと私もやってみたい。いい？」

「いいけど、美波ちゃんが書いちゃうと、僕がやったんじゃないってばれるから、書き込むのはなしだよ」

分かったと彼女は返事をして、宿題のプリントを眺める。その顔は、少し落胆した表情だった。どうやら、僕が言わなかったら本当に書き込むつもりだったらしい。

このプリントは、昨日やったのと同じで、漢字と計算問題が書いてあるものだ。昨日の夜は、彼女とする話を考えていたのでやっておらず、今日の午後にやるつもりだった。

彼女はじーっと、プリントを眺める。上から下へ、右から左へ。隅から隅まで視線をやると、ベッドの台にゆっくりとプリントを置いた。

「……分かんない。小学五年生の問題は、学校の話を少し聞いただけじゃ、やっぱりダメね」

壁に立ててある枕に背を預け、非常に残念そうな声音で、彼女は言った。

「やっぱり、ちゃんと勉強しないとだね」

「勉強？　どんな？」

「お母さんが、漢字ドリルと計算ドリルは買ってくれるの。毎日少しずつだけど、進めているんだ」

　ちょっと待っててねと、彼女はテレビ台の引き出しから、何冊かの漢字ドリルと計算ドリルを取り出した。それぞれ、小学一年生から小学三年生まであり、どうやら、今は小学三年生のところを進めているようだ。

「漢字なら、私にもいくつかは分かるのになぁ」

「学校行ってないのに、漢字は分かるの？」

「本を読んでて、見たことあるのがあったから」

　ほら、これ。と彼女が指をさす。それは、空欄に当てはまる漢字を書く問題で、ぱっと見たところ、僕には分からない漢字だった。

　僕は、その事実が少し悔しかった。

　それは、男の子としての対抗心であり、はっきりと言葉にしてしまえば、彼女は学校に行ってないのに……なんて気持ちでもあった。

「そうなんだ。美波ちゃんはすごいね」

　答えを聞こうかとも思ったけれど……聞かないことにした。

「正樹くんは、いつもこんな宿題をやってるの？」

「うん、先生が毎日作ってる。これと追加で漢字ドリルや、計算ドリルなんかも出されたりするかな」

「私と同じもの⁉」

「いや、学校でもらうのは別のもの。なんか、動物の絵が入ってるやつ」

「そっか、それも見てみたいな……今は持ってきていないのよね？」

「うん。今度、お母さんに頼んで持ってきてもらうよ」

僕の持っている漢字ドリルや計算ドリルに、何でそんな興味を持てるのか、よく分からなかったけれど、彼女が喜ぶならいいや、と彼女の提案を受けることにした。

「私にも、いつか……その問題が解けるようになる日が来るのかな？」

「ちょっとずつ勉強していけば、きっと解けるようになると思う」

「あと二年分か。遠いなあ……」

「美波ちゃんなら、すぐに追いつけるよ」

「そういうわけにも、いかないの」

小さく首を横に振って、彼女は言葉を続けた。

「私、生まれつき体が弱くて。ずっと勉強を続けていると、すぐに疲れちゃうの。だから、自分のペースで進められるようにっていうのもあって、漢字ドリルや計算ドリルをやっているんだけど、なかなか進まなくて……本当は、理科も社会もやらないといけないのに」

彼女の言葉も信じられなかったが、それ以上に一つ、疑問がわいた。

「けれど、美波ちゃん。本を読むのは平気なの？　いつも本を読んでいるみたいなのに」

「実は、本を読むのもゆっくりなの。ずっと読んでいると疲れちゃうから、休憩を挟みながら、読んでるの」

申しわけなさそうに笑う彼女を、僕はただ、茫然と見つめていた。

彼女がここに入院しているわけを、僕はこのとき、初めて知った。いや、痛感した。というのが正確かもしれない。

彼女は、僕のように、お医者さんに治療してもらったら治るような怪我や、病気などで入院しているのではなく、もっとどうしようもない理由で入院しているのだということが、理解できてしまった。

自分には何もできない無力感や、やるせなさ。子どもだから仕方がないとは思えず、悔しさが、胸の中に浮かんでいた。

だからなのだろう。

「ねえ、美波ちゃんの病気って、治るものなの？」

ふと、口に出してしまった。

子どもの僕でも、何となく分かっていた。その質問は、タブーであることが。きっとそれは、人によっては、気分を害してもおかしくないものだった。

「……正直言って、分からない」

けれど、彼女は淡々と答えた。

まるで、なんとも思っていないかのようだった。他人事のようにも見えた。

「お医者さんも、お母さんも、何も言ってくれないんだ。『いつか治るよ』ってそればっかり。だから、聞くのをやめちゃった」

「……だったら、いつ治るの？　本当に治せるの？」

「分からないけれど、きっと治るんだって、信じてる」

誰だって見て取れるであろう、曇りのない表情だった。その声は静かでありながら、力強さを感じさせた。

「いつか、病気を治して、ちゃんと学校に行ってみたい。本に書いてあったこと、正樹くんから聞いたこと、いろいろ体験してみたい。今はダメでも、来年や再来年、その先の未来できっと。学校は、中学、高校、大学まで続くんだから、いつの日かどこかに入ってみせるんだ」

君には無理だ。なんて、笑い飛ばせるはずがなかった。

こんな声で、こんな表情で、こんなにも楽しそうに、未来のことについて話す彼女のことを、否定することなんて、きっと大人になった今でもできないだろう。

「応援してるよ、ずっと」

「うん、ありがと」

このときの僕が、彼女にできるのは、ただこれだけだった。

「なんか、ごめんね。悪い雰囲気になっちゃった」

「気にしないで。それよりも、今日も授業の話、聞きたい？」

「聞きたい！」

てきぱきと練習帳を片づけ、体をこちらに向け、話を聞く体勢をとった。それほどまでに楽しみにしてくれているのだと、僕も心が躍った。

「それじゃあ……」

昨日の晩に考えていた授業の話をする。今回は音楽の授業だ。

たくさん本を読んでいた彼女は、ピアノとか、ギターといった楽器は分かるものの、リコーダーについては全く知らなかったらしい。そんな彼女に、どういったものかを説明するのは、なかなかに骨だった。実物もなく、画像なんかも用意できない以上、身振り手振りで形状や、吹き方を教えるほかなく、分かってもらうのに時間がかかった。

やっとのことで、その音楽の授業について話を終えたころには、かなりの時間がたっていた。

「あっという間に、時間だね……」

時計を見ながら、彼女は言う。他にも話ができる授業はあったのだが、自分の病室に戻らないわけにもいかなかった。

「それじゃ、また明日――」

「ねえ、午後は何か予定がある？」

席を離れ、出ていこうとする僕に突然、彼女は尋ねてきた。

「五時ぐらいにお母さんが来るから、それまでには戻らないといけないかな」

「……今日は、お母さん来ない日だから、午後も退屈なの。もし良かったらなんだけど、午後も授業の話を聞かせてくれないかな？　もちろん、嫌じゃなければ――」

「嫌じゃない！　もちろんいいよ」

食い気味に答えてしまったせいで、彼女は少し驚いていたけれど、すぐに顔を綻（ほころ）ばせた。

「わがまま聞いてくれて、本当にありがとう。待ってるね」

「わがままなんて、そんなの気にしなくていいのに。僕も美波ちゃんと話したいから、こうしているだけだよ」

またね、とお互いに挨拶して病室を出た。自分の病室に戻る最中、自然と躍るような足取りになっていた。

もちろん、昼食を大急ぎで食べた後、彼女の病室へ行ったのは言うまでもない。

……午後にやる予定だった宿題を忘れていて、夜に慌ててやる羽目になったのは、今ではいい思い出だ。

あっという間に日々は過ぎていって。入院してから、もうすぐ一週間がたとうとしていた。

彼女にたくさんのことを話し、二人の仲がどんどん良くなっていくのと併せて、僕の怪我も良くなっていった。

この日も、午前中は彼女と話をして、午後に宿題をこなしていた（この日は、彼女のお母さんがやってくる日で、午後に話はできなかった）。

宿題も片づき、母と話していた僕のところに主治医が回診にやってきた。基本的には毎日、お母さんと話をしているこの時間帯にやってきては、回診をしてくれる。

「うん、傷口も完全に塞がったことだし、明後日の朝にでも抜糸をしよう。それが終われば退院だ」

いつものように、僕の怪我を診た主治医は、僕の頭から顔を離してそう言った。

「えっ……」

良かったわね、と喜ぶ母の隣で、僕は無意識にそんな声が漏れていた。

「うん？　明日のほうがよかったかい？　すまないね。明日はもうすでに予約があって、別の人の治療をしないといけないんだよ」

主治医は治療が明日ではなく、明後日だということに驚いたのだと考えていたのだろう。けれど、そうじゃなかった。明後日には退院。僕が驚いたのはその言葉だった。それは、僕にとって、彼女との急な別れを意味していたからだった。

ここを退院してしまうと、彼女とはもう会えなくなるんじゃ……と考えたのだ。

「もう一日ぐらい我慢しなさい。病院が退屈なのは分かるけど、お医者さんに迷惑をかけちゃダメでしょうが」

そう言って僕をたしなめる母の隣で「もっと、この病院にいたい！」なんて言えるはずもなく、だんまりを決め込む以外なかった。

その日の夜、僕は悩みに悩んだ。

——どうやって、美波ちゃんにお別れを言おう？　言葉は？　タイミングは？　美波ちゃんが泣いたらどうしよう？　何か作って渡したほうがいいのかな？

――いや、いっそのこともう一度入院するのはどうだ？　だけど、それだとまた退院することになるや。ずっとこの病院にいるためには、大きな病気にかからないと。でも、そんな病気にどうやってかかったらいいのかな……。

いろいろと考えだすときりがなかった。

計算ドリルの答えを書き込むためのノートを用意し、後ろのページを使ってアイディアをまとめていく。良さそうな案は大抵、実行に移すには非現実的だった。

考えはまとまらず、無駄に時間だけが過ぎていく。その焦りと不安で、頭の中がこんがらがっていく。結果、考えがまとまらない。悪循環だった。

結局、考えることに、どれだけ時間をかけたのか覚えていない。

一番簡単で、手っ取り早い方法に、このときの僕は気がついていなかった。

朝の日差しに目を、少し騒がしくなった病室の外に耳を刺激されて、目が覚めた。

いい考えが思いつくまでは寝ないつもりだったのに、いつの間にか僕は寝ていたらしく、もう朝になっていたようだ。少し起きるのが遅かったようで、時計を見ると、いつも彼女のところにいるはずの時間だった。

慌てて僕はベッドから跳ね起きて、彼女の元へ駆け足で向かった。階段なんかは三つ飛ばしで駆け下りた。

大急ぎで彼女の部屋に飛び込む。もしかして怒っていないか、なんて考えていたけれど、彼女は平然としていた。

「おはよう。今日は少し遅かったね」

「ごめんね。少し寝坊したんだ」

「そうだったんだ。別に気にしなくていいよ。今日も来てくれてありがとう」

遅れてしまったことなど、あまり気にしていないようだ。ほっと一息ついた。けれど、どうやってお別れを言わないといけないかをまだ考えていなくて、まだ不安が残っていた。

「今日は、算数の話が聞きたいな」

今日の彼女のリクエストは、算数の授業らしい。

「算数?」

「うん。今までお話をしてくれなかったでしょ?」

困ったことになったと思った。このころの僕は算数が大の苦手だったのだ。

算数といえば発表では答えを間違ってばかりだったし、テストでは良いとは言えない点数ばかりだった。四年生までの計算だったら別にさほど難しくなんてなかったのに、小数のような変な数が出てきてから、ちんぷんかんぷんになっていたのだ。毎日出されている宿題のプリントも、計算問題は何問か解けていなかった。そんな感じだから、彼女に授業の話をするときも全く算数の話なんてしていなかった。

　小学五年生の僕が彼女に見せていた、ちょっとしたカッコつけだった。

　もう見栄を張るわけにもいかない。観念した僕は、算数は苦手なのだということを正直に伝えると、彼女は驚いた顔を見せた。

「君にも苦手なものがあるんだね。昨日までの話を聞いた感じだと、そんなふうに聞こえなかったから驚いた」

　そして、すぐに表情を変え、少し悲しげな顔を見せた。

「残念だな。私、算数のお話を一番楽しみにしていたのに。本を読んでも算数の話なんて全然ないもん」

　申しわけないとしか言いようがなかった。とはいえ、今更算数の話もできなくて、僕は話を切り替えることにした。

「ねえ、美波ちゃんも苦手なものはあるの？」

「私？　私はね……」

　少し考えこんで、彼女は少しはにかんだ顔で話した。

「授業とは関係ないんだけど、じっとしているのが苦手かな」

　今度は僕が驚いた。その答えは、いつも僕がここに来たときは本を読んでいる彼女に、一番似合わないものだったからだ。

「驚いた？」

大きく頷くと、彼女は「やっぱり」と笑いながら話を続けた。

「ずっとベッドの上だなんて退屈だもん。確かに退屈しのぎに本を読んではいるけど、ずっと読んでるのは飽きちゃうし」

「そうなんだ。僕はあんまし本を読まないから、分からないな」

僕も入院してからはゲームをしてもすぐに飽きてしまったから、それと似たようなものかと考えた。

「でもね、今は君がいる。こうしてお話しできてすっごく楽しい。ありがとね！」

突然の感謝の言葉に顔が真っ赤になってしまう。少し顔を逸らすも、彼女の笑顔は頭から離れてくれなくて、あんまり効果がなかった。

「あと、もう一つ残念なのが、正樹くんに計算ドリルの答え、教えてもらえないことだなぁ。たまに分からないのが出てくるから、教えてもらおうと思っていたのに」

「さすがに、三年生の問題なら解けるよ！」

「ほんとに？」

「ほんとだって！」

それは心外だった。苦手とは言っても、このときの僕は五年生だ。小学三年生の問題なら解けるに違いない……はずだった。

必死に弁明をする僕を見て、彼女はくすくすと笑っていた。ふと冷静になり、熱くなってしまっている自分を見られているのに気がついて、また恥ずかしくなってしまった。

「それじゃ、算数じゃなくて、別のお話を聞かせて。この前に話してくれた社会科見学について詳しく聞きたいな。今までにも何度か行ったことがあるんでしょ？」

「いいよ。あれは四年生のときで……」

初めのうちは、彼女の顔を直視できていなかったけれど、授業の話が弾むうちに、いつしか彼女の顔を見て、一緒に笑いあっていた。話す前に抱えていた不安もどっかへ飛んでいた。

社会科見学の話が終わるころには、時計の針が十二時近くを指していた。

「今日もありがとう、明日も来てね」

「それは……」

言葉を詰まらせる。ついに、このときが来てしまった。彼女にお別れを言うときが。いくら考えても、この病院にずっといられる方法なんて考えつかなくて。でも、お別れの言葉もきちんと思いつかなかった。八方ふさがりだった。

けれど、伝えなきゃならない。突然何も言わずにさよならをするのだけは嫌だった。

「美波ちゃんごめん、明日には退院なんだ」

正直に打ち明けると、彼女の顔に影が差し込んだのが見て取れた。

「そう……おめでとう。元気でね」

彼女はすぐに笑顔に切り替えてそう言った。懸命に笑おうとしているようだった。

明日には退院する。ここに来る機会なんてめったにないだろうし、ここに留まる方法もない。病院にいる彼女に会う機会なんてなくなるに違いなかった。

——もうこれで、おしまいなの？

心の声は、誰に尋ねるでもなく、そう問いかけた。

確かに初めは、退院までの退屈しのぎでしかなかった。それが今では、彼女と話す時間を楽しみにしている自分がいて、彼女のための話を、毎晩のように考えている自分がいたのだ。

いつしか。そう、いつしか。僕は彼女に話をすることが何よりの楽しみになっていた。それこそ、このときの僕が好きだった、外でのかくれんぼやドッジボールと同じぐらいに。

——やっぱり、嫌だ。美波ちゃんとここでさよならなんて絶対に嫌だ！

心の声は、はっきりと、頭の中で何度も響いていた。

「学校がない日には、ここに来るよ」

気がつけば、僕は彼女にそう告げていた。

「えっ？」

「学校がない日の昼に、ここに来て一週間分の話をするよ。さすがに毎日は無理だけど、これぐらいならできるから」

そうだ。どうして、もう会えないと思っていたのだろう。

彼女はまだここに残るのだから、何度でも会いに来ればいいのだ。

僕の提案に、彼女は驚きを隠せない様子だった。しばらく僕の顔を見て、何かをこらえるように、小さくうつむいた。

しばらくして、顔を上げた彼女は、少し儚げなところを残しつつも、出会った初日に見せてくれた素敵な笑顔を見せた。

「本当にありがとう。楽しみにしてるね」

その笑顔を見ることができて、僕の思いつきは間違っていなかったのだと思った。

次の日、午前中のうちに抜糸は終わり、午後から学校へと行くことになったけれど、これまでとは違い、学校がすごく楽しみになっていた。彼女に授業のことについて話すという目的が生まれたからだ。

親に連れられて病院の外に出ると、何日ぶりかの日差しが自分の頭に降り注ぎ、汗を滴らせる。セミの鳴き声も聞こえていた。入院している間に、もう梅雨は過ぎ去り、夏と言っても差し支えない時期になっていた。

親から受け取ったランドセルを背負い学校へと向かう。足取りはとても軽い。シャアシャアと、いつもはうるさく鳴いているクマゼミが、そのときは楽しげに聞こえていた。

2

久しぶりの学校は、なぜか新鮮だった記憶がある。

いつもと同じ校門を抜けて、いつもと同じ廊下を歩き、いつもと同じ教室へと入った。もちろん、クラスメイトが増えたり減ったりなんてことはない。以前と変わったものは何一つとしてないはずだった。

だから、変わったものがあるとすれば、僕自身だろう。見た目だとかそういうものでなく、心持ちが変わったというのが、きっと正しい。

なんだか、身が引き締まるような、そんな感じがしていた。

「おう、久しぶり」

教室に入った僕に、最初に声をかけてきたのは、誠也だった。僕が怪我をした日に、一緒に教室で野球をしていた親友だ。

「久しぶり。名誉の負傷を治してきた」

「別に名誉でも何でもないだろ」

二人でしばらく笑っていると、クラスの男子が僕のところに集まってきた。みんなして僕の頭をのぞき込み、怪我の様子を見てくる。

「怪我したのここか？」

「うわあ、ここだけハゲてやがる」

「やめろ、触んなって」

「別に痛くないならいいじゃん」

「ここだけ、つるっつるだぞ。お前も触ってみろって」

「だから、触んじゃねえって」

男子たちでうるさく騒ぎ始める教室。その中心で僕は、声を荒げながらも笑っていた。

しばらく病院での出来事を話しているうちに、昼休みも終わり、先生が教室へと戻ってきた。

先生が僕のことで、少したわいのない話をした後に、授業が始まる。教科は理科。ずっと椅子に座って、じっとしていなきゃいけない、退屈な授業のはずだった。

「みんなはこの前の実験で、水の中にいる目に見えないほどの小さな生き物を観察したよな？　こんな、目に見えない生き物のことをなんて言うんだったっけ？」

クラスのほとんどが手を挙げ、先生が一人を指名する。指名された子は答える。

「同じでーす」と周りのみんなが賛同する。先生はその子を誉め、説明の続きを始める。

そんな授業の光景を、僕はどこか、俯瞰的に見ていた。

先生は説明を入れながらも、覚えていてほしいところは発表の機会を設け、みんなに考えてほしいところには考える時間を用意してくれている。それは、僕らに分かってもらうための、先生の工夫であるということに、このときの僕は気づいた。ただ聞き流していただけの授業に、こんな工夫がされていたなんて、僕は思ってもみなかった。きっと、周りのみんなは、この事実に気づいていないと高揚感まで覚えた。

理科の時間が終わると、次は算数の授業だった。

分数の足し算のやり方を丁寧に黒板に書いていく先生。それをまとめたノートを眺めていると、ちょっとした疑念がわいてくる。

彼女に見せて説明するために、授業の内容を書いたノート。それには、教科書の写真をもとに書いた、お世辞にもかわいいとは言えないミジンコのイラストがあったり、日本語で手順を書いているとはいえ、1ページほとんどに数字と記号の羅列が並んでいたりした。こんなものを見せながら説明をしたところで、本当に面白いと思ってくれるのだろうかと考えた。

そもそも、彼女が面白いと思ってくれるような授業の話とは何だろう？　ぽっと出てきたその疑問には、すぐに答えが出てきた。彼女の好きな教科なら面白いと感じてくれるはずと。

では、彼女の好きな教科とは何だろう？　答えは出せなかった。

これまで何度も授業の話をしてきたけど、彼女の好きな教科について聞いたことは一度もなかった。どうして聞かなかったのかと、このときの僕は後悔していたけれど、今更考えたって仕方がなかった。

――本当に、この授業のことを話して、面白いと思ってくれるのかな……？

ある意味で、授業に集中していないまま、僕は彼女のために授業を聞き続けた。

授業が終われば、掃除をして、帰りの会で先生の少し長い話を聞けば、下校の時間だ。

まっすぐ家に帰る子、運動場に残って遊ぶ子、習い事に向かう子と様々だけど。僕はというと、近くの大きな公園に行って友達と遊ぶのがほとんどだった。

今日も友達の誠也と一緒に、公園に向かった。公園に備えつけられているベンチに、ランドセルを置き、二人でブランコを漕ぎ始めた。

「なあ、誠也」

二人とも立ち漕ぎをして、かなり勢いがついたころ、僕は声をかけた。

「どうした?」

「女の子が好きな授業って、なんだと思う?」

ここで学校での出来事だとか、ゲームや漫画、アニメの話をするのが僕らの日課だった。普段の僕らが話すようなものでない話題に、誠也は少し戸惑ったようだった。

「女の子に聞いたほうが早いだろ?」

「……聞けるかよ」

正直、同じクラスの女の子に聞くのが一番早い。それは分かっていた。

だが、分かってほしい。このときの僕らは、男子と女子との間に、目に見えない壁が存在していたのだ。実際、昼休みには男子のグループと女子のグループに分かれるのが常だった。異性というものをみんなが意識し始めていたのかもしれない。

僕の言葉で何となく察してくれたのだろう。誠也はそれ以上、追及してこなかった。

「男が好きな授業は、女の子は多分、好きな人は少ないんじゃね?」

「僕らの好きな教科って――」

「体育」

「だよな」

男の子はやっぱり、体を動かすことのできる体育が好きな人が多いと思う。もちろん、体を動かすのが嫌いな子は、その限りでないけど。

「他にも、男が好きな教科っていうと、算数とか、理科とかかな。算数は分からないけど、理科は多分、女子で好きな子は少ないと思うぞ」

「何で？」

「女の子って、虫が嫌いな子が多いだろ？」

「ああ……」

まあ、小学生男子の例に漏れず、このころの僕は別に虫が平気だったし、昆虫採集とかもしたことがあったから、昆虫の話は割と好きだった。けれど、女の子の場合そうもいかないのだろう。

「女の子が好きな教科って……やっぱ、図工じゃね？　絵を描くの好きな子って多いと思うし」

——美波ちゃんって、絵を描くのは好きなんだろうか？　今度聞いておこう。

「他には、どうかな？」

「うーん、あとは……家庭科とか、音楽とか？　でも、上手な人とそうじゃない人とがいるから、必ずというわけじゃねえし……」

——家庭科は分からないけど、音楽は好きかもしれないな。リコーダーの話をしたとき、楽しそうにしてたし。

誠也の言葉をもとに、いろいろと考えを巡らせていると、隣の誠也は、頭の上に疑問符を浮かべた顔をしていた。

「何で急に、そんなことを聞くんだよ？」

「いや、ふと気になったんだって。別にたいしたわけじゃないよ」

彼女のことを誠也に話すのは、なんだか恥ずかしくて、この場で話すのはやめておいた。

「まあいいや。ところで、明日の授業はなんだっけ？」

「えーと、国、社、算、体、音、英だね」

記憶を頼りに答えた。それを聞いた誠也の顔が、だんだん笑顔へと変わっていく。

「おっしゃ、体育あんじゃん！」

テンションが上がったらしい誠也は、ブランコを漕いだ勢いのままにジャンプした。立ち幅跳びの要領で、よろけることなくきれいに着地する。

「……そうだ、英語だ！」

英語はまだ彼女にも話をしていなかった教科だった。聞いたことのない教科だろうし、これならきっと面白がってくれるはず。

テンションの上がった僕は、ブランコを漕いだ勢いのままにジャンプをした。僕自身もよろけることなく、誠也の隣あたりに着地をする。

「何で英語でそんなに喜んでいるのか知らないけれど……勝負は俺の勝ちだな」

勝ち誇ったように笑う誠也。確かに正確な位置でいえば、僕は誠也の斜め後ろのところに着地していた。

「今回は勝負とか言ってないから関係ない。次やったら、僕が勝つし」

「おっし。じゃあもっかい勝負しようぜ」

この後、ブランコからジャンプした距離を競ったり、どちらが遠くまで靴を飛ばせるかを競ったりして遊んだ。


待ち遠しかった土曜日がやってきた。

まるで大きな学校行事の前のときのように、どこかふわふわとした気分のまま、なかなか寝つけない夜を過ごした。いつもは、もう少し起きるのが遅いはずの休日なのに、早くに目が覚めてしまった。

彼女に会いに行けるのは午後からだったので、何もすることのない午前を、どこか浮ついた気持ちのままに過ごした。ゲームをやろうとしても、宿題をやろうとしても、どうにも落ち着かない。流れる時間が、このときばかりはゆっくりになっている気がして、やっても意味がないことは分かっていても時計の針を動かしたくて仕方がなかった。

それでもきちんと、時は流れて、針は一番上まで移動してくれた。気分も最高潮に達したのか、十二時を示す音楽が時計から流れてきたときに、胸も高鳴ってしまっていた。

いつも出かけるときに使っているリュックサックに、彼女との話に使うためのノートを詰め込んだところで、母から昼食ができたという声が聞こえた。

母の用意した昼食を手短に済ませて、リュックサックを背負い、家を飛び出した。外に出た僕を迎えたのは、夏の熱気と、セミの大合唱。玄関の外に置いていた自転車に乗って、勢いよくペダルを漕ぎ始めた。

家から病院までの距離は結構あって、自転車を使っても三十分はかかるほどだ。まだ夏に入ったばかりだというのに、容赦のない太陽の熱線が僕の頭と腕に降り注ぐ。たくさんの汗で服が張りつくのを感じながらも、僕はセミの鳴き声を尻目にペダルを漕ぎ続けていた。

自分にとってこんなものは苦でなかったのだ。彼女に会いたい、そして、たくさん授業の話をしてあげたいとそればっかりだった。

横断歩道を数回渡り、緩やかに続く坂を上り切ったところに、病院はあった。

病院に到着した後で、三度ほど大きく深呼吸をした。速いペースで漕いでいたのもあって、少し息が切れていた。息を落ち着かせて、自動ドアの奥へと入る。突然の気温変化にちょっと身震いした。

病院の中は、相変わらずお医者さんや、入院している人、面会に来た人でいっぱいだった。そうした人たちをすり抜けて、彼女の病室へと向かう。

「君、病院の中は走らない」

もう駆け足の状態で階段を上っていたところ、ちょうど階段を下りてきた看護師女性に呼び止められてしまった。

「その……ごめんなさい」

「分かればよろしい……そういえば、君って、この前まで入院してたよね？　正樹くんだっけ」

改めて、看護師の顔を見ると、確かに何度か会った顔だった。僕のところに何回かご飯を届けてくれた人だったように思う。胸元の名札を見ると『夏目』と書かれていた。

「はい。えーと、そのせつは、大変おせわになりました」

「ふふ、どういたしまして」

テレビで聞いたことのあった、こういうときに使うフレーズをたどたどしく伝えると、夏目さんは小さく笑い返してくれた。

「それで、今日は何の用？　誰かのお見舞い？」

「はい、そうです。美波ちゃんのお見舞いにやってきたんです」

「あら、そうなんだ。来てくれてありがとう。面会時間は午後八時までだから、お話はそれまでに終わらせてね」

「はい、分かりました」

そもそも、そんな時間までここにいたら、門限オーバーだ。学校と、親との取り決めで、六時には家に帰るようにと言われていたのだ。

「入院していたときに、美波ちゃんと仲良くなったの？」

「はい、そんな感じです」

「そっか……」

小さくそう言うと、夏目さんは顔を上に向けた。不思議な表情で、どこか遠くを見つめているようだった。

「あのね、正樹くん。少しお願いを聞いてもらってもいい？」

顔を下ろした夏目さんの、先ほどまでとは打って変わった真面目な表情に、ただならない何かを感じた僕は、無意識に姿勢を良くしていた。

「お願いというのは、美波ちゃんのことなんだけど。美波ちゃんは小さいころから、ずっとこの病院にいたから、お友達がほとんどいないの」

「友達、今もいないんですか？」

「そう。たまに同じぐらいの子と知り合って、仲良くなって。そうやってせっかくできたお友達も、しばらくしたら病気を治して、退院して、それっきりだったから――ずっと寂しい思いをしてきたみたい」

　そのときの僕が思い浮かべたのは、明日には退院だと伝えたときに見せていた彼女のすごく寂しげな顔。あの顔はそういうことだったのかと思い至った。

「退院しても、美波ちゃんのところへ会いに来る人は君が初めてなの。だからね、これからも仲良くしてあげてね。ずっと、美波ちゃんの友達でいてあげてほしいの」

　どこか縋るような目で、夏目さんは僕を見ていた。

「友達……」

　友達という言葉が、重くのしかかってくるような気がした。この言葉をそんなふうに感じたのは、このときが初めてだった。

「……ごめんね、もちろん無理にとは言わないわ。今日だって、ここまで来るの大変だったでしょ？」

　少し冷静になって、自分がこちらの事情を考えず言ってしまったのに気づいたのか、夏目さんが謝ってきた。

確かに、夏目さんの言うとおり、小学生がここまで来るのは大変だ。彼女に伝えるための話も考えておかないといけないのも、手間と言われたら手間だった。

だけど、それでも構わないと思った。

彼女の力になってあげたいだとか、寂しい思いをもうさせたくないだとか、そんなたいそうな理由ではない。

僕の中にあったのは、もっと単純で、純粋な願いだった。

僕は、彼女と友達になりたかったのだ。

「何度でも、ここに来ます。僕は、美波ちゃんと友達になりたい」

「本当に、いいの？」

「はい！」

「うん、いい返事」

夏目さんはポンポンと優しく僕の頭を叩いてから、階段を下りていった。頭に手が触れたとき「ありがとう」と小さくつぶやいたのが聞こえた。

「よーし！」

階段を一つ飛ばしで進み二階へと上がる。僕は彼女にできることなら何でもしてあげたいと、それしか頭になかった。

病室の扉を開けると、彼女は体を横にしておらず、ベッドに座って待っていた。

「あっ、本当に来てくれたんだね、ありがとう！」

彼女の目が僕の存在を認めると、彼女は屈託のない笑顔を浮かべて見せた。

「私、待ちきれなくて、本なんかとても読めなかったんだ」

確かに彼女の手には、前まではあったはずの本はなかった。そして、いつもより明るく、いつもよりも饒舌だった。それほどまでに、僕とお話しするのを待っていたんだと思うと、胸の奥が熱くなっていくのを感じた。

「お待たせ。僕も早く話がしたくて、自転車で飛ばしてきちゃった」

「そうなんだ」

口元に手を当てて、朗らかに笑う彼女。でも、雰囲気は変わっていない。

「ふふっ、なんだか新鮮な感じがするね。君が病院服じゃなくて、普通の服を着ているせいかな？」

確かに、これまでは病院服で彼女に会っていたから、私服で彼女と会うのはこの日が初めてだった。とは言っても、タンクトップに短パンという、夏の男子にありがちな普通の格好をしているだけだ。

「すごく似合ってる。カッコいいよ」

「えっ？　あ、ありがとう」

大人たちに「似合ってる、カッコいい」なんて言われても何とも思わなかったのに、彼女が口にしてくれると、どうにも動揺せずにはいられなかった。胸が弾んで小躍りしたいほどなのに、全身を何かで覆い隠したいという気持ちもあった。今、一言で言えばうれし恥ずかしだったんだろうけど、当時の僕は、湧き上がる感情をうまく制御できなかった。一体どんな顔をしていたんだろうか。

「大丈夫？　顔が赤いよ」

「何でもないよ。それより話をしよう。最近面白い授業があってさ――」

このときに僕が話したのは、もちろん英語の授業だ。

僕ができるだけ流暢に外国人っぽく英語の発音をしては、彼女を笑わせて、しまいには二人で外国人になりきって盛り上がった。一か月に一回のペースである英語の授業は、ちょっとしたゲームみたいなものがあったので、自分にとって好きな授業の一つでもあった。そのせいか、話は過去の英語の授業にまで広がり、気づけばかなりの時間を英語の話に費やしていた。

「しまった……他にも話したい授業とかあったのに……」

「あらら。また今度だね」

「今度まで、ずっとその授業のこと覚えてられるかな……」

「あはは、頑張ってね」

ノートには、授業でやったことが書いてはあるものの、それだけで、伝えたいことを全部伝えるのは難しかった。

──今度から、ノートの取り方も考えないとな……。

今日持ってきたノートの内容を思い浮かべながら、僕はそう決心した。

「そういや、美波ちゃんって好きな教科とかある？　今度から、その授業の話をしようか？」

「好きな教科か……別にそういうのはないかな。全部が面白そうだし。特に、興味がある教科でいうなら、算数と体育だけど」

「算数と……体育？」

算数はともかく、体育は予想外だった。僕個人としては、好きな教科の話ができるのだから、いいのだけれど。

「だって私、運動したことほとんどないから。みんなどういうことしているのか、興味があるの」

──そっか、美波ちゃん、運動したくてもできないんだ……。

何か励ましの言葉をかけようとも思ったけれど、どう言ったらいいのか分からず困っていたら、「そんな気にしないでいいよ」なんて声をかけられてしまう。おそらく顔に出てしまっていたのだろう。

ごめんねと一言おいて、思いついたことを口にする。

「もし、いつの日か美波ちゃんが退院できたらさ、一緒に運動しよう」

「それなら私、ドッジボールやってみたい。正樹くんの話を聞いてて、とっても面白そうなんだもん」

「二人でドッジボールやっても、そんな面白くないよ？」

「それでもやるの！」

両手をぎゅっと握りしめた、いわゆるファイティングポーズは、普段の彼女ならしないようなしぐさで、思わず吹き出してしまった。彼女のほうも照れ笑いしていた。

ふと時計を見ると、ここに来てからかなりの時間がたっていた。とはいえ、帰るにはまだ早い時間なので、もう少し何か話をしようと、話題を考える。

「ところでさ、今日はないけど、いつも読んでいる本、あれって面白いの？」

「面白いよ！　あれを書いている作者の書く本がすっごい好きで集めているんだ！例えば、今読んでる本は、高校生の男女二人がお互いに家出して、近くの山でキャンプする話なんだけど、そもそも、何でお互い家出したのかって言うと、お互いの家庭に事情があってね……」

今度は彼女の本談議が始まった。一冊紹介しただけでは飽き足らず、何冊もの本を、僕に紹介してくれる。

「他には、事故で死んだ姉夫婦が残した一人娘を、弟が引き取って一緒に過ごす話も、すごく素敵だった。弟さんと娘さんが仲良くなっていくのを、応援してあげたくなっちゃうの」

「あとねあとね、なかなかデビューできない小説家のところに、妖精さんがやってくる話も良かった。この妖精さんというのが、寿命を奪う代わりに、小説の才能を与える力を持っているんだけど、小説家さんはそれを断っちゃうの。その理由がね――」

読書なんてめっぽう興味のなかった僕だったけど、彼女から聞く話はかなり面白そうで、最後に彼女から何冊かお薦めの本を紹介されたのだが、試しに読んでみようと思ったぐらいだ。

本の話が終わって、少し流れる沈黙。その沈黙を破ったのは、彼女のほうだった。

「私ね、実は正樹くん、来てくれないかもって思ってた」

先ほどまで、僕の顔を見て話していた彼女は、先ほど本の話をしたときよりも小さな声で、顔を伏せながら言葉を続ける。

「ああやって、約束してくれたけど、やっぱり入院してるわけじゃないのに、わざわざ来てくれないだろうって。でも、もしかしたら……なんてこと、今日までずっと考えてた。だけど、やっぱり正樹くんは来てくれた。こうして話をしてくれた。悩んでいたのが馬鹿みたい」

彼女の顔が上がって、もう一度視線が合う。

「改めて、お礼を言わせて」

ゆっくりと、大きく一回深呼吸をしてから、

「私のためにここまでしてくれて、本当にありがとう」

自分の膝にくっつこうかというぐらい、深々と頭を下げてきた。

「そんなことしなくていいよ！　僕がただ、美波ちゃんと話をしたかったからだって」

感謝されるようなことをしたつもりは、このときの僕には一切なかった。

本当に、ただ、彼女と話をしたかっただけなのだ。

さらに言えば、彼女と友達になりたかっただけなのだ。

「それだけでも、私はとってもうれしかったよ。だから、ありがとう」

「ええと……」

僕は、言葉に詰まった。

本当は分かっていた。こういうとき、どんなふうに答えたらいいのかというのは、学校でこれほどかというほどやったことだったから。

「ありがとう」と言われたら、返す言葉はもちろん――

「どう、いたしまして」

どうにもこそばゆくて、自然と、自分の後ろ頭をさすっていた。

照れ笑いする僕を見て、彼女のほうも照れたように笑ってみせた。

そうして、お互いに照れ笑いを見せていると、時計の短い針は、５のところに重なろうとしていた。

「ごめん、そろそろ帰らないと」

「今日はここでおしまいだね……来週も来てくれるんだよね？」

「もちろん。何なら明日にも」

「うーん、明日は多分無理かな。毎週日曜日には検査があるし、お母さんも来ると思うから。だから、また来週にお願い」

次に会えるのは来週の土曜日。土曜日が早くやってきてほしいと願っていたのは前からだったけれど、多分、このときにその想いは強くなったに違いなかった。何せ、今なお土曜日なのに、次の土曜日が早くやってきてほしいと願うぐらいだったのだから。

「分かった。また来週」

僕は名残惜しく感じながらも、席を立った。

「絶対来てね。約束だよ」

「もちろん。絶対に来るよ」

大きく手を振る僕に、顔の横で手を振り返した彼女を見てから病室を出た。

帰りもまた自転車で長い道のりを行く必要があったけど、もうそんなものは気にすらしていなかった。僕は彼女のためならどんな苦労も厭わないと考えていた。

彼女と仲良くなれている実感が、とてもうれしかった。


朝起きて、学校に行って、家に帰ってきて、また朝に起きて。

これを五回繰り返せば、あっという間に、土曜日だ。

そのはずだったのに、その土曜日があまりにも遠いように感じて。眠れない夜は、この暗闇がずっと続くのかもだなんて、メルヘンチックな不安もよぎったけれど。きちんと土曜日はやってきた。

彼女はというと、今にもベッドから降りそうな体勢で、僕を待ってくれていた。

「あのね、少し聞きたいことがあるの」

椅子に座るのも待たずに、彼女は僕に声をかける。

「どんなこと？」

「私、正樹くんが通っている学校の話も聞きたいな」

「えっと、授業じゃなくて？」

「うん、授業以外のことも聞かせてほしい」

「えっと……」

突然の提案で、どういったことから話せばいいかなと、僕が少し言いよどんでいると、彼女は「あっ」と声をこぼした。

「ごめん。そういえば、先週に話してなかった授業の話があったよね。そっちから先でもいいから」

僕が少し硬直していたのを、そう勘違いしたらしい。僕は慌てて謝った。

「いや、いいよ！　何を話せばいいかなって考えていただけだから。何にも面白くないと思うけど……」

「そんなの分からないよ。教えて」

彼女からの強い押しに、降参した僕は彼女に一日のスケジュールを話した。学校に行ったら、まず朝の会をして、授業があって、中休みがあって、授業があって、給食と昼休みがあって、また授業があって、掃除をして、帰りの会。何も行事のない一日の話だから、どこも変わったことのないことしか話ができない。

しかし、彼女にとっては違ったみたいだった。

「朝の会って何？　どんな会なの？」

「給食ってどんな料理が出てくるの？　おいしい？」

「掃除かー、私、掃除もしたことがないの。本で少し読んだけれど、学校ではどんな感じなの？」

僕にとっての当たり前は、彼女にとっての当たり前ではない。

その事実は、小学生にとって、ゆっくりと噛み砕いて飲み込まないといけないぐらいに、受け入れにくいものだった。

それぞれに一つ一つ説明をしたり、それにまつわるエピソードなんてのを話しているうちにも、また彼女の知らないことが現れて、それの説明を、なんてことを繰り返す。

彼女の質問攻めと、その返答は二時間ほど続いただろうか。一息つくために、椅子から立ち上がり、伸びをした。

「やっぱり、学校に行ってみたいな……」

「僕もさ、美波ちゃんと一緒のクラスだったらなんて、思ってるよ」

言った後で、変な意味に聞こえてやしないかと恥ずかしくなって、顔に熱が集まるのを感じた。

「そうだね。もしそうだったら、もっとお話しできてたし、一緒に遊べたのにね」

しかし、当の本人は気にしていない様子だった。少し複雑な気分だった。

「他にもやりたいこと、たくさんあるんだよ。私、退院したらやりたいことを、いろいろまとめているんだから」

そう言って、引き出しからノートを一冊取り出した。前回漢字ドリルなんかの話をしたときの物とは別のノート。

表紙には「たいいんしたらのーと」と可愛らしいひらがなが並んでいた。「小さいころに書いたやつだから、漢字で書けなかったんだ」と照れ交じりに説明してくれた。

「ここにね、私が退院したらやりたいことを書いているの。ずっと病院にいると、やりたいことばかり増えていって、いつの間にか半分近く埋まっちゃった」

そう言う彼女の顔は、笑っていた。僕が病室にやってくるときに見せてくれるものと、同じ顔で。

「ねえ、悔しくないの？　他の人たちみたいに、学校に行けなくて、本当に平気なの？」

どうして笑っていられるのか、僕には分からなかった。

僕が彼女なら、こうして学校に行くことができている僕を見て、悔しがるに違いなかったから。

「……初めは悔しかったよ」

ゆっくりと、彼女は語りだした。僕は居住まいを正した。ちゃんとした姿勢で、真摯に聞くべきだと何となく分かっていた。

「どうして、私は体が弱いの？　どうして、私は学校に行けないのって、何度もお母さんたちに言ったことがある。けど、もう言わないことにしたの」

「どうして？」

「言ったところで、お母さんたちを悲しませるだけだって、分かったから。私のお母さんたちだって、好きでこんな体にしたわけじゃない。文句を言ったってしょうがないって思ったの」

　それは、十歳の子どもとは思えない、凄まじいほどの達観だったけれど、子どもの僕は、すごく大人だとしか思わなかった。大人というものに憧れる子どもにとって、その考え方は、憧憬を抱くにふさわしいものだった。

「美波ちゃんは、やっぱりすごいや」

だから、この言葉は、心からの賞賛だった。けっして、同情から来るものなんかではなかった。

「そんなことないよ。私からしたら、正樹くんのほうがすごいよ」

「何で？」

「だって、私の知りたかったことを、こうして教えてくれるんだもの」

「そんなの、僕じゃなくても、大人だったら誰だってできるよ」

「ううん。大人はみんな、小学生だったころのことを忘れているの。詳しく聞いても、うのかな」
ほとんどが忘れたって人ばかり。あんなに楽しそうな場所なのに、どうして忘れちゃ
「仕方ないと思うよ、大人なんだもん。昔のことなんて、きっと忘れてしまうんだ
よ」
　分かったような顔をして、僕はそう答えた。彼女は「そうだね」と、少し寂しげに
答える。
「だからね、今、小学生の正樹くんから、話を聞きたいの。正樹くんなら、小学生な
んだから、小学校のことなら、何でも知っているでしょ？」
「そりゃ、当然！」
　少し試すような言い草に、このときの僕は反応してしまった。
　きっと、無意識で言ったのだと思うけれど、頭のいい彼女は、これも計算で言って
いたのかもと少し末恐ろしくなる。
「それじゃ、何を聞こうかな……」
　この後もずっと質問攻めにあってばかりで、結局、授業の話はできなかった。質問
に答えたときの彼女がすごくうれしそうだったので、授業の話をしたかったことは気
にならなかった。

それからというもの、毎週土曜日に彼女のいる病院に向かい、その一週間で受けた授業や、学校の話をする日々が続いた。彼女と話をするのは数時間だけ、しかも、他人からすればさほど面白くもないような僕の話を、彼女はとても楽しげに聞いてくれていた。

また、こうしたことを続けていくうちに、変化が生じたのだ。

気づいたのは、ある日の、どうというわけでもない普通の授業だった。

その日は算数の授業をやっていて、内容はというと、分数のかけ算だった。

「つまり、みんなの言ってくれた意見をまとめると、分数と整数のかけ算は、分数の分子と整数のかけ算をすればいいことが分かったな」

先生はそう言って、まとめを書いた後、教科書に載っている問題を解くように促した。

最初に出された問題は、授業中に一生懸命、円を書いたりして考えていたのに、一度解き方を知ってしまえば、それらはスラスラと解けてしまった。

できなかったことができるようになる。それは、確かに快感だった。

その達成感は〝面白い〟と思えるものだった。

そう、僕は授業を、苦手だった算数の授業を〝面白い〟と思えるようになってきたのだ。

もちろん、算数だけではない。他の教科も一緒だった。彼女のために受ける授業に、どこか面白さを感じるようになった。

その変化は、周りにも感じ取れるものだったらしい。周りのクラスメイトは「真面目になった」と何人も言ってきたし、先生からも「しっかり授業を受けるようになったな」と褒められるようになった。皮肉なことではあるが、彼女と会うようになってから、親への連絡帳に「最近、授業をまじめに受けてくれるようになりました」と書かれるようになったのだ。

授業に対して真剣に取り組んでいなかった僕が、真面目に受けるようになったきっかけが、女の子に話をするためだなんて、今にしてみてもおかしい話だと思う。

そんな日々を過ごしているうちに、あっという間に夏休みが間近に迫ってきていた。

僕も御多分に漏れず楽しみにはしていたのだが、少し問題があった。夏休みに入ってしまうと、もう学校に行かなくてもよくなってしまう。

それはつまり、彼女と交わした「休みの日に、一週間分の学校の話をする」という約束を守れなくなってしまうことを意味していた。約束という理由がなければ、彼女と会うことができないような気がして、それが現実になってしまうことを恐れていたのだ。

もうすぐ夏休みだと浮かれているクラスメイトがいる中、僕はというと、そのことばかり考えていた。

「おーい」

親友の声と肩を揺さぶる感覚で、意識が戻ってくる。帰りの会が終わって、いつの間にか、もうかなりの時間がたっていたらしく、僕の目の前には誠也が立っていた。

「何ボーッとしてるんだよ。学校はもう終わったぞ」

「ああ、ごめんごめん」

誠也はすでにランドセルを背負っており、帰る準備は万端だった。両手には先生からそろそろ持ち帰るように言われた習字セットと、絵の具セットがそれぞれ入ったバッグがあった。

僕も机の中の荷物をランドセルにしまい、教室に残していた習字セットを持ち帰ることにした。

下校中、いつもの公園に立ち寄った。今日はジャングルジムのてっぺんに、二人で登って座った。二人してジャングルジムから手を離して座っていたのだが、強い風が吹いてきて、バランスを崩しそうになったので、慌てて掴みなおした。

「もうすぐ、夏休みじゃん」

強い風が吹いた後ぐらいに、誠也が声をかけてきた。

「そうだな」

「もちろん、夏休みは遊ばないとだよな」

「そりゃ当然だな」

「というわけで、俺から一つ提案があるんだけどさ」

誠也は後ろ手をつき、体を反らしながら言った。

「夏休みになったらさ、自転車漕いで、海まで行かね？　もう俺らだけでも、自転車漕いでいけるだろ?」

これまでプールになら何度か行ったことはあるが、子どもだけで海へ行ったことはなかった。すごく面白そうだし、ワクワクもした。確かにうれしい誘いのはずなのに、僕はどうにも気が乗らなかった。

「うーん。考えとく」

「おいおい、いつもだったらすぐ返事するのに、いったいどうしたんだよ?」

誠也はいぶかしげな顔を僕のほうに向けてくる。

「最近、どうにもまじめだしさ。土曜日に遊びに誘おうと思ってお前の家に行っても、いっつもどこかに出かけているしさ」

「土曜日はごめん。用事があるんだよ」

「用事、ねぇ……」

誠也の疑いの目が、さらに深くなっていくのが分かった。

女の子に会うために、病院に行っているんだ。なんて言えなかった。彼女のことは僕だけの秘密にしておきたいというのが、心のどこかしらにあったのだ。

「別に行かないって決まったわけじゃないよ。行けそうだったら伝える」

「……分かった」

そう言って、誠也はジャングルジムから勢いをつけて飛び降りた。ずっとここで遊んでいたものだから、こういうのも慣れたものだ。

「いつか、お前が土曜にやっていること、聞かせてもらうからな」

僕を見上げる誠也の視線を受け止められず、僕は別のほうに視線をやっていた。

誠也に対して不誠実なことをしているような気がして、どこか心苦しかった。

「分かった。この前、頭を打ったせいで、やっぱどっかおかしくなったんじゃねえ?」

「別におかしくなってないって。ていうか、やっぱってどういうことだよ⁉」

ゲラゲラと笑う誠也を見て、ふっと僕の中の緊張も解けて一緒に笑った。

「これは、頭がちゃんと治っているか診察する必要がありますねー」

「やめろって！　お前はただ、僕のハゲている部分を触りたいだけだろ！」

伸びてきた髪でうまいこと隠れてはいるが、怪我をした部分は髪が生えておらず、いわゆる傷ハゲができてしまっていた。

小学生にとって、それはからかいのネタになるのは言うまでもない。

「とりあえず、頭を見せろ」

さっき降りたはずの誠也は再びジャングルジムを登ってくる。僕に迫ってくるその顔は、面白そうな遊びを思いついたときの顔だった。

「来んなって！」

慌てて反対側から降りる僕。それを追いかける誠也。

公園の中で、二人だけの鬼ごっこが始まった。単純なことに、遊んでいる間は、悩みはどこかに飛んでしまっていた。

ついに夏休みに入ってしまった。もう学校でしばらくは授業を受けることはできない。少し前までの僕だったらうれしいはずなのに、素直に喜べなかった。

金曜日の今日、終業式があり、午前中で学校は終わってしまった。午後は完全に自由な時間だったのだけれど、誠也と遊ぶ気になれず、彼女のところへ行こうとも思ったが、突然の訪問は驚いてしまうだろうし、彼女のお母さんがいる可能性もあって行けない。

結局、自分の家で時間をつぶすぐらいしかなかった。自分のベッドに寝転がり、何をするでもなく天井を見上げる。

しばらくそうした後で、ふと僕は机の上に置いていた物に手を伸ばした。それは、学校の図書室から借りた本で、彼女が以前紹介してくれたものだった。

僕の学校では、長期休みに児童は二冊本を借りることになっていて、せっかくならと、彼女から薦められた本を読もうと思い、タイトルを控えておいたのだ。

適当なページを開き、文章に目をやる。たくさんの文字の集まりがそこにあった。国語の教科書でも、これほどの文字が見開き一ページに詰まってはいなかった。こんなにも文字が続くものを、僕はこれまで読んだことがなく、抵抗感を覚える。これを読むことのできる彼女のことを、尊敬せずにはいられなかった。

しかし、読まないわけにはいかなかった。というのも、この作品のタイトルを彼女から教えてもらったときに、図書室で借りてくると彼女の前で宣言したものだから、

「読み終わったら、感想聞かせてね。そのお話について語り合いたいことが、たくさんあるから」

なんて期待に満ちた目で言われてしまった。今更投げ出すわけにもいかない。

改めて最初のページを開いて、本を読み始める。文字が言葉に変わるのに時間が必要で、なかなか進まない。それでも、文字を読み進めていくうちに、物語が頭の中に繰り広げられて、いつしか現実を忘れていた。ページをめくる手は止まらなかった。

物語を最後まで読み切って、ぱたりと本を閉じる。少し呆けた頭のまま、裏表紙を眺めた後にひっくり返して、改めて表紙を眺めた。

読了感というよりは、これだけのものを読み終えたぞという達成感が強かった。夏休みに借りていた本というのは、大抵借りるだけで読んでこなかったから、こうしてちゃんと本を読み切ったのは初めてだったというのが大きい。もちろん、内容も面白かった。彼女に強く薦められたのも頷けた。

時間つぶしに読書というのも、存外悪くないなと思えた瞬間だった。

何か飲み物が飲みたくて自分の部屋を出ると、買い物を済ませていた母が、キッチンで夕飯の支度をしていた。リビングに置かれた買い物袋にはカレールーが入っている。どうやら夕飯はカレーを作るみたいだ。

「部屋で何してたの？　少し前に声をかけても返事なかったし」

母から声をかけられたという記憶はなかった。それほど読むのに集中していたのだろう。

「図書室で借りた本を読んでた」

「へえ、珍しいこともあるのね。いや、最近のことを考えると、珍しくはないのか」

母が言っているのは、最近の学習状況のことだろう。授業をきちんと聞いていることが先生から伝わってしまっているだけでなく、退院して以来、自分から宿題をやるようになったのに、母は気づいていた。

「その調子で、夏休みの宿題もちゃんとやりなさいね」

材料をすべて切り終えた母は、鍋に具材を入れて炒め始めた。肉と野菜の焼ける匂いが部屋に充満する。

「……お母さん、ちょっといい？」

小説の中の主人公が、自分でうまく答えを出せず悩んでいたとき、どうしていたか。彼は、頼れる人間にどうしたらよいかを尋ねていた。

僕が今、彼女の件で相談できる人はというと、この人しかいなかった。

「僕さ、ある人と約束してたんだ。毎週土曜日にその人に会いに行って、学校で何があったのかを話すって約束」

「……そういうこと」

近頃の僕に納得がいったのか、左手を顎に添えて頷く母。

「けど、夏休みになったから、授業はもうない。このままじゃ約束を守れない」

「大事な約束なの？」

「うん……それに、もし約束がなくなったら、僕は、あの子に会いに行く理由がなくなっちゃう」

どうしたらいいかな……とこぼした声が弱々しくなって、最後のほうは、慌てて声の調子を戻すように努めた。

そんな僕の様子を、少し見た後、

「……まずは、ちゃんと謝りなさい。たとえ、正樹のせいでないとしても、あんたのほうからちゃんと謝るの」

具材をかき混ぜながら、母は言った。

「謝った後は、どうしたらいいの？」

「その後は、自分の気持ちを正直に言いなさい」

母は、かき混ぜる手の動きを止め、用意していた水を鍋に投入した。

少し火を弱めた後、リビングに置いた買い物袋からカレールーを取り出し、鍋に溶かして、もう一度かき混ぜ始める。

「ちゃんと、許してもらえるかな」

「それは分からないけど……きっと、大丈夫でしょ」

カレーをかき混ぜる手は止めずに、顔だけが僕のほうを向いた。

「正樹はどうして、その子と会いたいと思っているの？　約束のため？　違うでしよ？」

「それは……」

　僕が彼女に会いたい理由、それは少し考えればすぐに出た。

「美波ちゃんと、仲良くなりたかったから……」

「そう、美波ちゃんっていうのね。だったら、それをちゃんと美波ちゃんに伝えればいいじゃない。ちゃんと話せば、きっと許してもらえるはずよ」

　恥ずかしながら、僕はこのときに初めて、自分が固定観念に縛られていることに気がついた。

　彼女に会うのに、仲良くなるために、理由なんていらないのだと。授業の話ができなくたって、会いに行ってもいいのだと。

　僕はその事実に気がついて、ほっと胸をなでおろした。

「全く、初めて知ったけれど。何でこういうところは臆病なのかしらね」

「なっ、別に臆病者じゃないし！」

「はいはい」

　何で臆病者と言われたのか、このときには分からなかったけれど、その言葉が示す意味は知っていたので、とっさに反抗してしまった。

　男子のちょっとしたプライドだ。

「よし、カレー完成したから、皿を並べてくれない？」

　鍋からはカレーのおいしそうな匂いが漂っていた。嗅いでいるだけでお腹が空いてくる。

「えー、めんどい」

「だったら、あんたの分は注がないから」

　それだけは勘弁してほしかったので、「はーい」と返事をして皿を並べた。父はまだ帰ってこないようなので、二人で先に夕食をいただくことにする。

「あと、正樹がどうしても授業の話をしたいっていうのなら、一つ考えがあるんだけど」

「聞かせて！」

「食べ終わった後でね」

　その考えというのが気になって、いつもよりも早くにカレーを平らげてしまった。いつもなら言われてからしぶしぶ皿を流しまで運んでいたのに、このときは自分から進んでやった。

「それで、考えって何？」

　母が食べ終わるのを待ってから、話を切り出した。

「ちょっと待っててね」

母はリビングを離れ、自分の部屋から一枚のチラシを持って僕のところへやってきた。手に持ったチラシを、僕の前へと差し出してくる。

「塾、通ってみない？」

次の日、約束の日である土曜だったので、いつものように荷物を持って家を出た。もうこのころになると、昼までそわそわすることはなくなっていた。今回は別の意味でそわそわしていたのだけど。

外に出る前から聞こえてくる、ジージーと鳴くアブラゼミの大合唱。家の扉を開けると、ライブハウスのように、さらに鮮烈に聞こえてくるセミの音と、身もだえするような暑さが僕を襲った。

どこか圧倒されるような心地がしたものの、引き返す気なんてない。汗を腕で拭いながら病院へ向けて自転車を漕ぎ続けた。

病院に着いてから、自転車の鍵をかけて、僕は彼女の病室へと歩く。歩いていたはずの足はいつの間にか駆け足に変わっていた。

夏目さんに見られたら、最初のときのように怒られていたに違いない。

病室に入ると、いつもの笑顔をした彼女が待っていた。

「こんにちは、今日もよろしくね」

僕も挨拶を返し、席に着いた。

「そういえば、先週はテストをいっぱいやってたって言ってたけど、今週はどうだった？」

「今週はなかったよ。そもそも、今週いっぱいで学校が終わったんだ。今日から夏休み」

「あっ、知ってる。学校は夏と冬に長い休みがあるんだよね」

「あと、春にもあるよ。春はかなり短いけれど」

彼女も夏休みのことについては知っているようだった。それなら、と次の言葉を言う前に大きく深呼吸をしてから、一息に言った。

「うん、だからしばらく学校の話はできなくなりそうなんだ……」

僕は彼女の顔を窺う。その顔に変わった様子は見られない。

「約束、守れなくてごめん」

やっとのことで言えたという気持ちと、彼女の反応が怖いという気持ち。

それらが混ざり合って、心臓はバクバクと鳴りっぱなしだった。

「そっか、仕方ないよね。だったら別の話を聞かせてくれない？」

「えっ？」

彼女の返答に、僕は目を見開いた。

「学校のこと以外にも、私が知らないことをたくさん、正樹くんは知っているよね。授業だけじゃなくて、いろんな話を聞かせてほしいな」

彼女の言葉がすっと頭の中に入った途端、心臓の鼓動が落ち着いた。

「……ぷっ、くくく」

知らぬ間に、僕は笑いがこみあげていた。

僕の悩みはたいしたことなんてなかった。単なる取り越し苦労だったのだ。気がつけば笑いは収まらなくなっていた。

「なんで笑ってるの？」

「ごっ、ごめん、僕は今まで何考えていたんだろうって、そう考えるとおかしくて。ぷっ、あはは」

一分ぐらい笑い続けて、少し息苦しくなった。息を整えるのと思い出し笑いをこらえるのにさらに一分費やした。

「ふう、ごめんね」

「本当だよ。急に目の前で笑い出すんだもん。私は別におかしいことなんて言っていないのにさ」

「大丈夫だよ、自分で自分がおかしかっただけだからさ」

また笑いそうになったのを、今度はこらえた。まだ話は終わっていないから、また時間をつぶすわけにはいかない。

「約束守れなくなったら、もう美波ちゃんに会えないかもって思ってさ。一応、他の考えもあったんだけど」

「他の考えって？」

「実はさ、夏休みの間、塾に行こうかと思うんだ」

「塾？」

どうやら彼女は夏休みのことは知っていても、塾のことは知らなかったみたいだった。

「まあ、学校以外で勉強する場所って言えばいいのかな？　そんなところ。学校の授業の話に代わって、塾の授業の話ならどうかなって思ってたんだ」

昨日、母と話し合って。結局は塾に行くことを決めた。

週に一回と、学校の授業に比べれば断然、量は少ないけれども。彼女に話をする分には十分だった。夏休みなのに、さすがに毎日塾に行くのは嫌だという気持ちもあったのもある。

「夏休みからはさ、毎週土曜日には塾の話をするよ。あっ、学校は休みだから、もう土曜日じゃなくてもいいのか。来てほしい日にはいつでもここに来て、美波ちゃんが聞きたい話を、何でも話すからさ」

「それはうれしいけど……本当にいいの？」

「いいって」

彼女は喜んでくれるかと思ったのだけど、僕がいくら、彼女と話すのが楽しいだとか、僕なら平気だというのを伝えても、僕が話をするたびに、彼女の顔はだんだん暗くなっていくのが分かった。

「どうして、ここまでしてくれるの？」

ぽつり、と彼女は言う。

「私のために、ここまでしてくれるのは、どうして？」

彼女の真剣な眼差しは、僕を射抜いているかのようだった。

「もちろん、ここまで自転車で来てくれて、私のために話をしてくれるの、すごくうれしい。いつも、もっと話していたいって思ってる。けど、私のために、無理しなくていいから」

「無理なんかしてないよ」

「だって、夏休みってお友達と一緒に遊ぶものでしょ？　本に書いてあったもの。正樹くんにだって友達はいるでしょ？」

「そりゃ、いるけど……」

「だったら、お友達と遊ぶ時間に使って。毎週会いに来てくれるだけで、私はうれしいし、満足だから。私なんかのために、塾にまで行って、無理して時間を使わなくていいよ」

「違う」

僕はそう口にした。これ以上の彼女の言葉を遮るように、強く、はっきりと。

「美波ちゃんのところに来るのに、無理なんかしてない。僕はただ、友達とおしゃべりしに来ているんだから」

こんな言葉、母に相談する前までの僕だったら絶対出てこなかっただろうと思う。

「友達……私と、正樹くんが？」

信じられないようなものを見る目で、僕を見ていた。

「そうだよ。友達なんだ。僕はただ、友達と仲良くなりたいから、ここに来てるんだよ」

これは、約束を守れないことを謝ってから、伝えるつもりの言葉だった。

彼女と友達になりたい、もっと仲良くなりたいというのは、間違いなく、このときの僕の本心だった。

「友達になるなら、女の子の友達のほうがよかった？」

「違うよ、そうじゃないの。ただ、これまで友達がいたことがないから、私はどうしたらいいのか、分かんない……」

「友達が出てくる本ぐらい、美波ちゃんなら読んだことあるでしょ？」

「あるけど……」

「だったら、本に書いてあることをしたらいいよ」

美波ちゃんの目が見開かれた。怒りが込められているのか、悲しみが込められているのか、よく分からない目つきだった。

「私、こんなだから正樹くんと遊べないよ。正樹くんの好きな、ドッジボールや、鬼ごっこもできないんだよ？」

「別にいい。美波ちゃんと話をするのだって、すごく楽しいし、好きだから」

「一緒に遊びに行ったり、一緒に夏休みを楽しんだりもできないんだよ？」

「一緒に遊べなくたって別にいい。夏休みなら、一緒にこうしておしゃべりすれば、楽しめるだろ？」

僕がそう言うと、口を固く結び、それ以上何も言わなくなった。

彼女の両手は、ベッドのシーツを握りしめていた。心の中にある感情を、どこかこらえているようだった。

「来週も、また来るから。そのときは、塾の話だけじゃなく、いろんな話を用意しておくから」

帰るには早い時間だったけれど、今日はもう、話せる雰囲気ではないことを察した僕は、そのまま病室を出ようと席を立った。

病室の扉へ体を向けようとしたとき、僕の腕を、彼女の手がつかんでいた。彼女は顔をうつむけていて、どんな表情をしているかは読み取れなかった。

「美波ちゃん……？」

「……来てくれるのは本当にうれしいけれど、毎日じゃなくていいから。私のために、ありがとうね」

「うん、分かった。それじゃ、何曜日にしようか」

僕の塾の日や、彼女の検査の日程などを加味した結果、ここにやってくるのは、水曜日と土曜日に決まった。

「来週は、塾の話を聞いてみたい」

「ああ、もちろん！」

大きく胸を張り、もう片方の手で、トンと強くたたいた。そのしぐさが何やらおかしかったらしく、彼女はうつむけていた顔を上げ、大きな声を出して笑った。僕もつられて笑った。しばらく、笑い声は絶えることがなかった。

3

僕が通うことになった塾は、市内のショッピングモールの中にあった。

この塾はいわゆる個別指導の塾で、一人か二人の生徒に、先生が一人つくという制度の塾だった。家からの距離や、授業料、その他諸々の兼ね合いで、ここになったらしい。

ショッピングモールまでは、自転車で十分といったところ。三十分かけて行く病院に比べれば、全然たいしたことのない距離だった。

この日は、僕と母と塾長との三者面談と、体験授業を受けることになっていた。

母と一緒に塾まで行くと、女性が出迎えてくれた。容貌はまだ若く、三十歳にはなっていないぐらい。髪は少し茶色に染めており、胸に当てた手を見ると、かわいいつけ爪をしている。少し派手めのお姉さんといった印象だ。首からかけてある名札には、『三井』と書いてある。この後すぐに分かるのだが、この人が、この塾の塾長をしている人だった。

三井さんに案内を受けた先の部屋で、母と二人で席に着いた。三井さんから、この塾についての説明のあれこれを受ける。

「この時期に入塾ということは、中学受験をお考えですか？」

「いえいえ。ただ単純に、この子がもっと勉強したいって言うので連れてきただけです」

「ホントですか？　勉強熱心なお子さんですね」

僕以外の二人で、僕についての話が弾む。ほとんどが誉め言葉で構成されていたものだから、隣で聞いていた僕は、赤くなった顔を見られないように、顔をうつむかせた。

僕についての話が終わった後、また簡単に塾側からの説明がされ、体験授業を受けることになった。

学校ほど多くはないものの、たくさんの机といすが並べられた部屋まで移動し、案内された席のところまで行くと、そこではすでに別の人が待っていた。

三井さんよりもさらに若い感じの女性で、顔の下のあたりで短く整えられた黒髪が似合っている人だった。名札には『松田』とある。これも後になって知るのだが、この人は大学生で、この塾でアルバイトをしている人だった。

「初めまして。今回、授業を担当する松田といいます。今日はよろしくお願いしますね」

子どもの僕に対しても、丁寧な挨拶をしてくれた。そんな大人に出会ったことがなかった僕は、どこかぎこちない感じの礼をしてしまった。

「それじゃあ、ここに座ってください。授業を始めます」

塾の授業は、学校の授業とはやっぱり違った感じだった。使うテキストも違えば、説明の仕方も違う。時間の使い方も、そもそも学校の授業が四十五分なのに対し、塾での授業が七十五分の時点で違っていた。

何より、大きく学校と違うところは、分からなかったところを、すぐに訊けるところだった。分からない問題があったときに、すぐ解き方を教えてくれ、問題に関して、学校では教えてくれなかった知識なんかも教えてくれる、非常にためになる授業だった。

塾に来てよかったと、僕は安心した。少し生意気ではあると思うが、本当にここに来て、彼女に話せるような授業を受けられるのかと、不安だったのだ。

少し不満があったとすれば、問題を解いたり、ノートに書いたりする様子を常に見られていたので、彼女に話すためのメモを取れなかったことぐらいだろう。

学校の時間に慣れているせいか、少し長いと感じた授業が終わり、授業終わりの礼をして、また、最初に案内された部屋まで戻る。机の上には、僕がいたときにはなかった紙が並べられており、母と三井さんは僕が授業を受けている間にも、話をしていたみたいだった。

「授業どうだった？　良さそう？」

「お母さん、僕、ここに通いたい」

　母の問いに即答した。もう決心は固まっていた。

「気に入ってもらえたようで良かった」

　三井さんは笑いながら僕に言った。塾はどうしても、学校以外で勉強をしないといけない退屈な場所と思われることが多く、こんな反応をしてくれる子は初めてなのだと話してくれた。

「塾のスケジュールや、お金の振り込みに関してはこちらのほうに書いております。分からないことがありましたら、またご相談ください。今日は本当にありがとうございました」

「こちらこそ、ありがとうございました」

　書類をまとめた封筒を母が受け取り、塾を出た。出るや否や、持っていた封筒を「あんたが持ちなさい」と言って手渡してくる。少し歩いて、食品コーナーのほうまで二人で歩き、母は空いた手で買い物かごを手に取った。どうやらついでに、夕飯の買い物をここでしていくつもりらしい。

「それにしても、前まで勉強嫌いだったあんたが、変わったわね。美波ちゃんって子には感謝しないとね」

肉のパックをかごに入れながら、母が言う。

「何で、お母さんが感謝するのさ……」

「そりゃあ、自分の息子が勤勉な子になったからね。今度会うときは私が感謝してるってこと伝えといて」

「何で僕が伝えないといけないのさ！」

彼女に「美波ちゃんのおかげで変われたよ、ありがとう」なんて言うのは、このときの僕には、恥ずかしすぎた。

「何で顔を赤くしてるのよ。ほら、移動するよ」

想像しただけで赤くなっている僕を見て、母は歯を見せて笑う。

「私の感謝はいいとしても、あんたの分の感謝ぐらいは伝えておきなさい。勉強することは何よりも大事とまでは言わないけれど、勉強しておくことに越したことはないんだから」

確かに、僕は彼女と出会って変わったのだろうと思う。授業に真面目になったのも、塾に通いたいなんて言い出したのも、それが理由だ。感謝の気持ちも、もちろんある。

けれど、小学五年生の僕にとって、それをちゃんと言葉にして伝えられるかどうかは、別の話だった。

「いつかね」

「いつかって、いつよ？　そうやっていつも先延ばしにして――」

母の言葉は具材を買っている間、ずっと続く。いつものような説教だったので、いつものように聞き流した。

今になって思う。こうした大人からの助言というものは、きちんと聞いておけばよかったと後悔することばかりだ。

そんな後悔は、今したところで遅いのだけれど。


夏休みの一日はあっという間だった。

午前中は、近くの公園で行われているラジオ体操に参加して、塾や学校の宿題をこなす。午後になったら、誠也と遊んだり、塾に通ったりして。家に帰った後は、お風呂とご飯と、ゲームと、明日の準備をしてから寝る。そんな日々だった。

学校なんかなくても、毎日が忙しく、毎日が楽しかった。当然、彼女に話したいこともたくさんできた。授業のことでなくても、ちゃんと話はできそうだと、少し安心できた。

今日は水曜日。彼女に会う約束の日だ。

支度をして外に出た。外の熱気は日に日に強くなっているような気がする。だからこそ、自転車で風を切って進んでいくのが、自分だけ熱気から解放されたような気がして、とても気持ちよかった。

けれども、涼しいと感じるのは勢いがついているときだけだ。信号を待つときには停まらないといけないし、坂を上るときにはどうしても、風を切って進めるだけのスピードはない。すると、そんなときに容赦なく真夏の太陽が僕を襲う。体温が上がり、じとっとした汗で服が張りつくのを感じた。一刻も早く涼しい場所に向かうため、漕ぐペースを速くした。

病院に着いたときには、かなり汗をかいていたようで、頭から流れる汗が止まらなくなっていた。自動ドア付近の日陰まで移動し、リュックに入れていた水筒のお茶を飲んで一息入れる。汗がだいぶ収まったところで、病院に入った。

今日も待合広場は人でいっぱいだった。

人の合間をすり抜けて、階段を上がり、いつもの病室に入る。彼女はこちらに体を向けて待っていた。もうこのころには、僕がやってくるのを見越して、ベッドから体を起こして待ってくれていることが多かった。

「こんにちは……本当に、来てくれてありがとう」

「いいよ。言ったでしょ？　僕は友達に会いに来ているんだって」

少し殊勝でかしこまっている彼女に、少し驚きながらも、僕はそう答えた。

「そうだね、友達か……」

「どうかしたの？」

「ううん、友達がいるって、こんなにもうれしいことなんだなって」

少しつついたら泣き出しそうなほどうれしそうな笑顔で、そんなことを言うのはやめてほしいと思った。そんな顔をされたら、こっちも同じような顔になってしまうから。

「それじゃあさ、さっそく塾に行ったときの話なんだけど――」

塾で出会った先生たちのこと、塾での授業のこと。まだ体験授業しか受けていなかったけれど、それでも伝えたいことはたくさんあった。

彼女は楽しげにその話を聞いてくれた。塾長である三井さんの話をしたときなんかは、すごく興味津々で、一度会ってみたいとまで言われてしまった。さすがにその要望までは叶えることはできないけれど、もっと三井さんについて知って、話をしてあげようと思った。

「学校もすごく楽しそうだけど、塾も塾で楽しそうなところね。私もいつか行ってみたいな……」

「そのときは、僕が紹介してあげるよ。友達を紹介すると、紹介した人とされた人に、三千円分の図書カードをプレゼントしてくれるんだって。

「図書カード？」

「本や漫画を買うときに使える、お金みたいなものだよ。美波ちゃんは、やっぱり本を買うのに使うの？」

うーん、と彼女は少し考えこんだ。

「そうね、そうしようかな」

「どんな本にするつもり？」

「私の好きな作家の新しい本が出ていたら、まずはそれ。他は、思いつかないから、後回しでいいや。正樹くんは何を買うの」

「僕は、漫画かな。ずっと前から欲しい漫画があったんだ」

「へえ、どんなの？」

「男の子向けだから、美波ちゃんにとって面白いかどうかは分からないよ？」

「それでも聞きたい！」

彼女からのリクエストを無下にはできない。

「えっとね、魔法が使える女の子と、それを守るために戦う、魔法が使えない男の子の話。この話の世界では、女の人だけが魔法を使うことができるらしくて、そのためにいろいろ大変なことが女の子の周りで起こっちゃうんだ。そうした大変なことを手助けするために、男の子が頑張る話」

これは、僕の好きな漫画の一つでもあった。自分の好きなものの話となると、自然と話に熱が入ってしまい、いつも以上に話が止まらなかった。

「へえ、面白そう！　私も読んでみたいな」

ひとしきり語りつくした甲斐があってか、彼女も興味を持ってくれたようだった。

「アニメもあって、僕はアニメで知ったんだ。アニメで見てみるのもいいと思うよ。僕は、先の話まで知りたいから、漫画を買おうと思っているけど」

「うーん、見るなら、最初の話から見てみたいな」

「お母さんとかに頼んで、ＤＶＤをレンタルしてもらったら？」

「ううん、テレビを見るのにもお金が必要だから。なかなか見れないの。私も図書カードをもらったら、それを買おうかな」

「そんなことしなくていいよ。僕が貸してあげるから」

「いいの？」

「友達なんだから、漫画の貸し借りぐらい、いいでしょ」

そう言うと、彼女は一瞬呆けた顔をして、満面の笑みを浮かべた。

「そうだね。友達だもんね。それなら私も、読みたい本があったら貸してあげる」

「うん、ありがとう」

このころには、本に対する抵抗感は小さくなっていた。

彼女が薦めてくれた本を実際に読んでみて、僕でもどうにか読めることは分かったし、実際面白いものだということも分かった。

まあ、でも一番の理由は、彼女と仲良くなりたかったから、これに尽きると思う。

「そういえば、美波ちゃんが薦めてくれた本、この前読んでみたよ」

「それって、前に正樹くんが図書室で借りる本をどうしようかって話のやつ？」

「そうそう。すごく面白かった。主人公が相手に負けたくないって、ひたすらに練習を重ねるところとか、すごく良かった」

「そうでしょ！　私もあの場面が好きなの！　たまに読み返したくなる」

僕も大きく頷いた。僕も同じことをしていたからだ。

「ねえねえ、他にはどういうところが良かった？」

「他には――」

これまでは、自分が知っていることを相手に話すだけだったからかもしれないけれど、お互いに知っていることを話していると、会話がとまらなかった。

相手の感想に賛同したり、相手と意見を交換したり。相手の言葉を拾っては会話が続いていく。一つの話題なのに、それだけでいつまでも話ができそうな気がした。

実際のところ、本の話だけで一時間以上は話をしていた。

「うふふっ」

一息入れるために、話をしている間にずっと我慢していたトイレから戻ってくると、彼女はどこか壊れたかのように笑っていた。

「どうしたの？」

「いや、私のしたいこと、一つ叶ったんだなって」

「したいこと？」

それを聞いて、以前に彼女が見せてくれたノートのことを思い出す。

「退院したらしたいことの一つが、友達を作って、本の話をすることだったの。退院してないけど、願いが一つ叶ったんだなって。そう考えると、なんかおかしいのと、うれしいのとがやってきたの」

「他にはどんなことがあるの？」

「えっと……学校に行ってみたいとか、友達と遊んでみたいというのもあるし、遊園地とかにも行ってみたいな」

「遊園地、行けないの？」

「お医者さんに、外に出るのはダメだって言われてるの。だから、病院の外に出たこと、一回もないんだ」

——どうにか、できないのかな？

こうして、本の話をすることなら、叶えることができたのだ。それ以外だって、できることはきっとあるはずだ。そう考えて、口を開いた。

「それはさ、退院しないとできないの？」

「えっ？」

「今でもできることを、叶えていくことはできないのかな？　もちろん、僕も手助けするからさ」

彼女は首をかしげる。彼女が分かるように言葉を選ぼうと、少し考えこんだ。

「外に出ないとできないことは、確かにあると思うけど、外に出なくてもできることだったら、わざわざ退院を待たなくてもいいと思うんだ。今のうちに、叶えちゃおうよ。僕が協力するからさ」

ゆっくりと説明すると、彼女は少し黙り込んでしまった。僕は彼女の言葉を待った。

「……それも、友達だから、してくれるの？」

「そうだよ。大切な友達だから、してあげたいんだ」

大切な友達の部分を強調して言った。ちゃんと彼女に僕が力になることを、分かってほしかったから。

彼女は初め、悲しげに目を伏せていたのを、徐々にではあるが笑顔へと変えていった。

「いろいろと考えたけれど、ありがとうとしか言えないや……本当に、ありがとう」

「いいって。僕も、美波ちゃんが喜んでくれたらうれしいからさ」

近頃、彼女の笑顔が少し変わっているのに気づいた。

どこか、儚げな印象のある表情から、少しずつ、感情がこもった笑顔へと変わりつつある。子どもの僕には、その変化を言葉にすることはできなかったけれど、きっと良い変化なのだろうということは分かっていた。

そして、その変化をもたらしたのは、他でもない自分のおかげなのだということは、僕の胸を熱くするには十分すぎるほどで、心躍らずにはいられなかった。

「それじゃ、美波ちゃんの叶えたいこと、教えてもらってもいい？」

「うん」

学校に行ってみたい、友達と遊んでみたい、家族みんなでご飯を食べに行きたい、泳いでみたい……。

彼女のやりたいことは様々だった。

ノートの端っこに、それらをメモしているうちに時間が来てしまい、今日はそこで切り上げることにした。

帰り道では、僕はずっと、彼女のためにできることを考えていた。

土曜日。家を出る前に、いつも用意しているリュックサックの中をのぞきこんだ。財布や水分補給のための水筒はもちろん、塾で使っているテキストやノート（もちろん、塾での話に使うため）も用意している。今回は、それとは別に二つの物を用意していた。もちろん、この二つも、彼女のためである。

昨日の晩に準備した物が、ちゃんと入っていることを確認してから家を出た。向こうに着いてから忘れたことに気づいては、取りに帰るのが手間だからだ。

けれども、せっかく家で確認したのに、病院に着いてからも、心配でもう一度確認してしまう自分がいた。もちろん、ちゃんと入っていた。

「こんにちは。なんか、久しぶりって感じじゃないね。正樹くんと会ったのが、昨日のことみたい」

「これまで、週一回だったもんね。僕もそんな感じ」

会えない期間が短くなっただけなんだろうけど、二人でこうして話すことに慣れたというのも、きっとあった。

今日も塾での話や、去年や今年の夏休みにやったことについて話をした。

塾の日でもなく、美波ちゃんに会いに行く日でもない日は、大抵、誠也と一緒に遊んでいた。誠也と遊んだときに起こったことなんかを、面白おかしく話すだけで、彼女はとても楽しそうだった。

考えておいた話をすべて語り終わったぐらいに時計を見たけれど、まだまだ時間はあるようだった。

「話はここで終わるけれど、今回はそれだけじゃなくてね。美波ちゃん。今日はこういう物を持ってきたんだ」

少しもったいつけて、リュックサックから今日のために用意した物の一つを取り出す。

「何それ?」

「トランプだよ。美波ちゃんは、トランプをやったことはない?」

「うん、やったことない。ちょっと見てもいい?」

「どうぞ」

ふたを開けて、カードの束を彼女に手渡す。彼女はカードを一枚一枚、めくりながら確認していく。僕はそれに合わせて説明を入れていった。

「カードにはそれぞれ、数字があって、1~10とJ、Q、K。Jは11、Qは12、Kは

13と数えるんだ。あと、カードにはもう一つ、マークというのがあって、ハートとスペードとクラブとダイヤの四つ。最後に、数字もマークも入っていないジョーカーというのもあって……」

「えーと、ごめん。もう一回説明をしてもらっていい？」

一気に説明されては、分からないのも当然だった。僕はもう一度、今度は一つ一つ丁寧に説明を入れる。頭のいい彼女は、二回目の説明で分かったみたいだった。

「それで、このトランプは何のために使うの？」

「遊ぶためだよ。いろんなゲームがあるんだ。ババ抜きだとか、七並べとか、ポーカーとか、他にもたくさんあるよ」

「やってみたいけど、ルールって難しい？」

「簡単なものもあるよ。それなら、まずはババ抜きでもやろうか。美波ちゃん、机出してもらっていい？」

「いいよ」

彼女からトランプを受け取り、彼女がベッドの台を用意するのを確認してから、僕は椅子から立ち上がった。トランプから一枚のババを抜いてから、よくカードを切る。

「えっ、どうやってるのそれ？」

どうやら、カードを切る動作が彼女にとっては驚くほどにすごいものだったらしい。

「えっと……こんな感じ」

目を輝かせ身を乗り出す彼女に、僕は少し体を引きながら、カードを切る動作をゆっくりにして見せる。しばらくそうしていると「私もやってみたい」と言うので、カードを切るのをやめて、彼女に手渡した。

彼女は見様見真似で、カードを切ろうとするのだが、その動きは非常におぼつかない。亀が歩くような遅さでゆっくりとカードを引き抜いては、上に載せていく。なんだか、僕よりも小さい子どもが一生懸命に頑張っているような動きで、自然と笑みがこぼれていた。

「もー、どうして笑うの！」

「ごめんってば――あっ」

喋ることに意識が向いて、手元が狂ったのだろう。彼女の持っていたカードが辺りに散らばってしまった。

「何やってるの、美波ちゃんってば」

お腹を押さえて、爆笑してしまう。さっきまで頬が膨れていた彼女の顔がさらに膨らんでいた。

「もう！　失敗したからって、そんなに笑わないでよ！」

「ごめんよ、けどさ、仕方ないじゃんか」

笑いながらも、散らばったカードを拾うのを手伝う。すべて拾い上げると、彼女は持っていた残りのカードを僕に差し出した。

「やっぱり、これは正樹くんがやって」

「はいはい、しょうがないな」

「……どうせ、私はへたっぴですよーだ」

そうやって、頬を膨らませる彼女は、また僕より小さい子どもみたいで、また笑いそうになったけど、今度こそ機嫌を損ねそうだったから我慢した。

もう一度、カードをよく切った後で、一枚ずつカードを交互に配っていく。

「配られたものは、もう見てもいいよ。僕に見えないように気をつけてね」

彼女はカードを手繰り寄せるようにして、手に取った。

配り切った後で、僕も自分の分のカードを眺めた。

「自分の持っているカードの中に、数字が同じものがあったら、台の上に出してって」

こんなふうにと、付け加えて、カードを二枚場に出した。

「色やマークは違っててもいいの？」

「いいよ」

お互いにカードを場に出していきながら、さらにルールの説明をする。

「さっき、カードの説明のときに、ジョーカーというのがあったの覚えてる？」

「うん、なんか数字が書いてないやつでしょ？」

「それが、ババなんだ。こんなふうに同じやつを捨てていって、カードがなくなったら勝ちなんだけど、ババは必ず一枚残る。そのババを最後まで持っていた人が負けだからね」

　彼女の目つきが急に真剣になった。目線は自分のカードに向いている。僕の手札にジョーカーはないので、彼女がジョーカーを持っていることは分かっていた。二人でババ抜きをすると、ジョーカーを持っている人がどうしても分かってしまうのが面白くないところだが、まあ、仕方がなかった。

「それじゃあ、ゲームスタート。スタートしたら、こうやって――」

　お互いに同じ数字のカードを場に出し切ったのを確認してから、僕が彼女の手札から一枚カードを取る。

「相手の持ってるカードを一枚取って、同じ数字が自分のところにあるなら、それを捨てていく」

　彼女から取ったスペードの8を、僕の手札にあるクラブの8と一緒に場に出した。

「今度は、美波ちゃんの番。僕のカードを一枚取って」

　彼女は少し悩んで、真ん中のカードを選んだ。

「やった、揃った！」

3と書かれたカードが二枚、場に出てくる。

「これを交互に繰り返していくんだ。どう？　ルールは分かった？」

「うん、簡単そう」

「良かった。それなら、今度は僕の番」

僕から見て右側のカードを、僕は手に取った。


何回かババ抜きをして、分かったことがある。

初めてというのもあるのかもしれないが、彼女は、ババ抜きが非常に下手くそだということだ。

というのも、ババに対する反応がすぐに顔に出てしまうのだ。ババを引いたときはすぐにしかめっ面をするし、ババが取られそうになると、途端にうれしそうな顔になる。それに気がつくと、僕はババを取ることがなくなってしまった。そうなると当然、勝率は格段に跳ね上がる。

「また負けた！　もう、悔しいー！」

通算、五回目の勝利を収めた後、彼女はベッドを握りこぶしで何度も叩いていた。

まるで、地団太を踏んでいる子どもだった。

今日は何度も、彼女の子どもっぽさを垣間見ている気がする。普段、どこか大人っぽさを感じていた彼女とは違った姿を見るのは、なんだか不思議な気分だった。

「まだ、ババ抜きをする？　それとも、別のことする？」

「うーん、別のことしようかな。何度やっても勝てないんだもん」

美波ちゃんが分かりやすいからだよとは、言わないことにした。

「それじゃ、別のトランプゲームをする？　それとも、他のことをする？」

「他のことって？」

「実はね、もう一つ別のも持ってきているんだ」

リュックサックから、今日のために用意したもう一つの物を取り出す。それは、子どもならほとんどの子が持っているだろう携帯ゲーム機だ。

「美波ちゃんは、これ、持ってる？」

「ううん。そういうゲーム機は全く持ってないの」

「そうなんだ、ということは、こういうの、やったことない？　テレビゲームも？」

「うん、やったことないんだ」

そうだとは思っていた。ずっとここにいるのでは、テレビゲームはもちろん、こうしたゲームも、親が用意してくれない限り、できないだろうから。

「やってみる？」

「やってみたい！」

彼女が横から見えるように、ベッドの近くまで寄って、ゲームを持つ手を彼女のほうへ伸ばすようにして画面を見せようとすると、彼女が声をかけてきた。

「ベッドの上においでよ」

「えっ、その、いいの？」

「いいよ。あっ、靴はちゃんと脱いでね」

彼女がベッドの端のほうに移動してくれ、スペースを作ってくれたので、靴を脱いでそのスペースに入り込んだ。子どもだったとはいえ、さすがにどきどきした。

「それじゃ、僕が試しにやって見せるね」

操作方法を説明しながら、1ステージをクリアしてみせる。クリアした後は、もう一度、僕がやって見せたステージを選択した。

「ほら、今度は美波ちゃん、やってみて」

「う、うん」

少し緊張した顔で、ゲームを受け取り、キャラクターを操作し始めたのだが――。

やっぱり、予想はついていたけれど。彼女はこういったゲームも苦手みたいだった。

今回持ってきたのは、なるべく彼女にもできるようにと、簡単なゲームを用意したつもりだったのだけど、それでも彼女にとっては難しかったみたいだった。

例えば、落とし穴を飛び越えるという操作ができず、その場でジャンプを繰り返したり、タイミングよくボタンを押すことができなかったり。もしかすると、彼女はゲーム音痴なのかもしれなかった。

しかし、彼女は諦めなかった。ゆっくりとではあるが、少しずつ進んでいき、僕の三倍は時間をかけたものの、無事にステージをクリアしてみせた。

「やったー！」

ゲーム機を持ったまま大きくバンザイをする彼女。やり遂げられたのが、それほどにうれしかったのだろう。

「うー、なんか目が変な感じ……」

「目が疲れたんだよ。少し休憩しようか」

彼女からゲームを受け取り、スリープ状態にした。

「ゲームのやりすぎは、目によくないからね」

「よくないって、どうなるの？」

「ずっと、やり続けると、目が悪くなるんだ。僕も、ゲームのやりすぎで、たまに親から怒られることがあるんだよね」

「私、大丈夫かな？」

さっきまでの達成感に満ちた顔とは打って変わって、不安げな顔を見せる彼女。

「大丈夫だよ。多分、ゲームに慣れてないからそうなっただけで、そんなにゲームをしていたわけじゃないし、少し休めば平気だって」

「ほんと？　よかったー」

大丈夫だと分かると、彼女は、ほっと胸をなでおろしていた。間近にいたものだから、瞬きする彼女の目元がよく見えた。

「あれ？」

何か、違和感があった。具体的にどこ、とは言えないけれど。

「どうかしたの？」

その声で、はっと我に返った。そして、お互い至近距離で、お互いを見つめあっていたことにも気づいて、慌てて飛びのいた。

「もう、ゲームのやり方教えなくてもいいし、ベッドから降りてもいいよね？」

彼女の返事も待たずに、ベッドから飛び降りて、名残惜しさを振り払うように、靴に足を突っ込んだ。

「友達と遊ぶことが、こんなに楽しいなんて、思いもしなかったな」

どこか遠くを見ながら、彼女は言った。

「もちろん、学校のことを話してくれたり、塾のことを話してくれるのを聞くのも、すごく楽しいよ！　けどね、私はやっぱり聞くだけで、正樹くんと同じことが、できているわけじゃない」

「……それは」

仕方ないという言葉は、何とか出さずに済んだ。その言葉は、彼女にとって失礼なことだって分かっていたから。

彼女は、現状を受け入れて、仕方ないと、我慢をしてしまっている。そんな彼女を応援したかったから、こうやって彼女に会いに来ているのだ。

「だからね、こうしてトランプしたり、ゲームをしたりしていると、私は、正樹くんと同じことができているんだなって、少しうれしくなっちゃったの」

えへへ、と恥ずかしげに笑ってみせる彼女。正直な感想を伝えるのが、照れくさかったのだろう。

「きっといつか、僕と同じように、学校も行けたらいいよね」

「うん！　学校だけじゃなく、いろんな所に、行けるといいな」

僕ができるのは、こうして病院の中でできそうなことだけ。外のいろんな場所へと連れていくことは、魔法か何かでも使わない限り、不可能だ。

「僕が何か、できればいいんだけど」

僕ができることは本当に少なくて、思わず歯噛みしそうになる。こういうときに、子どもにできないようなことができる大人というものを、羨(うらや)ましく感じていた。

「私、正樹くんから、これ以上ないってぐらい、いろんなことをしてもらっているから、もう十分だよ？」

そうやってまた、彼女は少し寂しげに笑ってみせるから、僕は友達として、何とかしてやりたいと思うのだった。

「目の調子もだいぶ直ってきたし、そろそろゲームの続きをしたいな」

「はい、どうぞ」

僕がゲーム機を手渡そうとすると、彼女は少し不満げな顔をした。

「私、やり方まだ覚えられてないよ？」

ぽんぽん、と彼女はベッドを手で叩く。彼女はまだベッドの隅に寄ったままだった。

結局、ずっと隣で彼女にゲームのやり方を教えていた。

「――だから、分数の計算では、約分を忘れないこと。こうしたところで、ミスなんてもったいないでしょ？」

「はーい」

塾では国語と算数の授業が毎回あるため、国語はともかく、算数は嫌だなと思っていたのだが、塾に通ううちに、いつしか苦手意識がなくなっていった。

分からないところを、すぐに教えてくれたり、計算でつまずいたら、声をかけたりしてくれるだけで、気分的に楽になるのだと気づいたのだ。あんなに苦手だった小数や、分数の計算も、今となっては平気になっている。

最近は、算数の話を彼女にするのも、苦にならなくなっていた。

「今日のところは、ちゃんと家でも復習しておくこと。それじゃあ、お疲れさまでした」

「ありがとうございました」

分数の計算のやり方について、きちんと再確認したところで算数の授業が終わった。もうこれで、授業は終わったわけだが、少し居残りをすることにする。

塾のある日は、塾長である三井さんと母との約束で、少し残って夏休みの宿題をやる約束になっていたのだ。

それに、居残りをすることでいいこともある。手の空いている先生が分からないところを教えてくれたりするし、三井さんが、甘いお菓子を大量にくれたりするのだ。

正直、それが目的で居残りをしていたところも少なからずあった。

この日の持ってきた夏休みの宿題は、学校で配布されたプリント一枚分と、漢字の練習だったのだけど、プリントのほうが簡単で、宿題が想定よりも早く終わってしまった。もう引き上げてもいいのだけど、もう少し残って、塾で出された宿題をやることにした。

時間いっぱい勉強しようとか、そんなたいそうな理由ではなく。

「あら、正樹くん。結構頑張ってるじゃん。はいこれ、差し入れ」

単純に、三井さんからの、お菓子を待っていただけだ。

「今日の分の学校の宿題は、もう終わったの？」

「はい。なので、塾の宿題もやろうかなって」

「うん、偉いぞー」

塾にずっと通っているうちに分かったのだが、三井さんは、言動に子どもっぽさが見え隠れするものの、その内面は、面倒見のいい大人の女性だった。

「どう最近？　お友達とは仲良くやれてる？」

「はい。一緒にトランプしたり、夏休みの話なんかもしています」

「おうおう、いいね。青春してんじゃん」

この友達というのは、誠也のことではなく、美波ちゃんのことだった。

ここで学校の宿題をしているとき、お菓子をもらうついでに、三井さんとちょっとした雑談をするのがお決まりだったのだが、そのときにぽろっと、口に出してしまったのだ。まあ、三井さんだったら別にいいかと思っている。誠也だったら、きっとからかってきたりするだろうから、そういうわけにはいかないけど。

「今度、別の友達と海に行く予定なんです。次に会いに行くときは、その話をしてあげようかなって」

　誠也と夏休み前に話していた、海に行きたいという話。これは、夏休みが始まってから、二人で遊んでいるときに、少しずつ計画と準備を進めており、ついに、決行されることが決まったのだ。

　以前は、考えておくなんて言っていたが、そのときは、彼女のことを考えてナーバスだっただけであり、今となっては楽しみで仕方がなかった。

「海かー。ウチは働き出してから海どころか、プールにも行かなくなったしな……」

「休みの日に行ったらいいじゃないですか」

「嫌よ、疲れるし、もう水着なんて着たくないしー」

「水着は着ないと、泳げないじゃないですか。どうして着たくないんです？」

「……大人には、いろいろと事情があるの」

　三井さんは、そう言って深いため息をついた。

　そう、今なら分かる。大人にはいろいろと行きたくない事情があるのだ。

「あっ、ここ。計算間違ってるよ」

「……あっ、ほんとだ」

雑談をしながら僕のノートを見ていた三井さんは、僕の間違いを指摘する。こうやって、雑談をしつつも、塾の先生の役目はしっかり果たしていた。

三井さんは、ここの塾長をやっているだけあってかどうかは知らないが、教えるのがすごく上手だった。どうにも分からなくてもどかしい問題も分かるようなヒントを出してくれる。

ふと、気になったので、三井さんに訊いてみることにした。

「先生。先生は生徒に教えるとき、どういうことに気をつけているんですか？」

うーん、としばらく考えてから、三井さんは答えた。

「相手のことを理解する、かな」

僕が首をかしげるのを見て、さらに説明をしてくれる。

「相手が、どれぐらい分かっていて、どんなことならできるのかを知っていないと、どんな言葉を使って、どこまで説明したらいいのか、分からないでしょ？」

その説明を聞いて、以前、美波ちゃんに授業の話をしたとき、似たような経験をしたことを思い出した。彼女は全く知らない内容だったのにもかかわらず、僕は知っている前提で話をしてしまい、うまいこと伝えきれず、もやっとしたまま終わったことがあったのだ。

「そういえば、美波ちゃん、海も、山も、行ったことないんだ……」

行ったことがない相手に、どうやって伝えたらいいのだろう。きちんと伝えきれるのか不安になった。

「ねえ、正樹くん『百聞は一見に如かず』っていうことわざを知ってる？」

「ひゃくぶん？」

言葉がきちんと文字にならず、眉をしかめた。分かっていなさそうなのにすぐに感づいた三井さんがノートの隅に『百聞は一見に如かず』と漢字で書いてくれた。

「いろいろと聞くよりも、実際見たほうが早いってこと」

「でも、美波ちゃん病院にいるから、実際に連れて行くわけにもいかないし」

「だったら、写真を撮ってみたら？　実際に行ったわけではなくても、行った気分は味わえるんじゃない？」

写真という発想は、これまでなかった。ケータイやスマートフォンなんてものを持っていなかった僕は、カメラを使う機会なんてほとんどなかったし、せいぜい、運動会や学芸会のときに、親が持ち出すぐらいだった。

もしかしたら、これならば、どこかへ行きたいという彼女の願いも、少しではあるけれど、叶えてあげられるかもしれない。

「そっか、ありがとう先生！」

運動会のときに使っているものが、家にあったはずだ。ノートやらをリュックサックにいても立ってもいられず、プリントやテキストや、しまい、席を立ち上がった。

「もう帰るの？」

「はい、その、やりたいことができたから」

三井さんは、僕の言うやりたいことに、おそらく気づいていたのだろう。深く追及することはなかった。

「宿題はちゃんとやってきてね。それじゃあ、さようなら」

「さようなら！」

店の駐輪場へと、僕は全速力で駆けだしていた。

「お母さん、カメラってどこにある？」

帰宅早々、洗濯機に衣類を入れている母に、ただいまも言わず尋ねた。

「カメラ？ それなら、お父さんたちの部屋の押し入れにあるはずだけど、どうかしたの？」

「ありがとう！」

荷物も置かずに親の部屋に入り、押し入れを開いた。目の前には整理されておらず、少し乱雑に積み上げられた段ボールや、使わなくなった電化製品の山があった。それらを外に放り出し、奥までの見通しを良くすると、右手のほうにカメラケースを見つけた。

カメラを取り出したまではいいものの、いろんなスイッチやら、ダイヤルやらがあって、どう操作をすれば分からない。そもそも、電源のボタンすら見つからない。

「あったー？」

用が済んだらしい母が部屋に入ってくる。

「お母さん、これ、電源どこ？」

「えーっと、確か。いつもこれを操作してるのお父さんなのよね……あった」

矯めつ眇めつカメラを眺めて、電源ボタンを見つけた母は、それを押した。ピピッという音とともに、裏側の画面に画像が映し出される。

「何で急にカメラなんて持ち出そうとしてるの？」

「その、美波ちゃんのために、写真を撮ろうと思って。美波ちゃんは海にも、山にも行ったことないから、写真を見せながら説明したほうが、いいかなって」

「んー」

母は少し考えこんだ。高価なものを子どもに持たせることについて案じていたのだろう。

「ちゃんと、大事に使うから。壊したら、お年玉貯金から弁償する」

「……分かったわ」

母は小さく息を吐いて、そう答えた。僕の本気具合が伝わったようだった。

「きちんと大事に扱うこと。分かってるとは思うけど、高いところから落としたり、水に落としたりしないように。あとは、お父さんに相談しなさい。私もいっしょにいてあげるから」

「うん、分かった！」

その日の晩、父に相談し、無事カメラを使う許可を得た。

父から操作についていろいろ説明を受けたものの、やっぱりよく分からなかったので、ひとまず、これだけできればいいと言われ、写真の撮り方と、撮った写真を見るやり方だけ教えてもらった。

次の日、試し撮りをと思い、家を出ると、家の近くに植えられている木にミンミンゼミがとまっているのを見つけた。腹を揺らし、ミーンミーンと鳴いているのが聞こえるので、オスに間違いないだろう。

――試し撮り、こいつでいいや。

気づかれて逃げられない程度に近づき、カメラを構えた。ピントを合わせるための四角が、ミンミンゼミを囲んだところでシャッターを切った。

初めてにしては、うまく撮れていたと思う。

いつも以上の大荷物を背負って、僕は誠也を待っていた。今日が約束の日である、海に行く日だ。

空は、まさに日本晴れというのにふさわしいきれいな青空で、日光を遮るものがないためか、外に出てまだ数分だというのに、もう背中に汗をかき始めていた。

ちょっと家の中に戻ろうかなと考えてすぐに、自転車のタイヤの音が聞こえた。音のしたほうを向けば、自転車に乗った誠也がそこにいた。

「よう、お待たせ」

「ちょっと遅くない？」

「いやいや、そんな遅れてないだろ？」

予定時刻の五分前から家の前で待っていて、五分以上は待っていたような気がする。手元に時間を確認できるようなものがないので、正確な時刻は確認しようがないけど。誠也のことだから、おそらくギリギリで家を飛び出したのだろう。毎回のことなので、口ではああ言いながらも、気にしてはいなかった。

「まあいいや。それじゃ、行こう！」

僕も自転車に乗りこんで、二人で一緒に自転車を漕ぎ始めた。

海に行こうとなると、かなり遠出をしないといけなかった。自転車で行こうとすると、一時間近くはかかるような距離だ。

とはいえ、小学生にとっては、電車賃ですら大きな出費だ。少ないお小遣いは、大切に使いたい。特に、いろんな所へ出かける夏休みでは、なおさらだ。

というわけで、かなりの長距離を自転車で行くことに決めた。初め、二人で仲良く会話しながら、自転車を漕いでいたのに、あまりの距離に、途中からお互いに無言になってしまった。彼女の病院によく通っていたから、長距離の移動はある程度慣れているとはいえ、さすがに大変だった。

沈黙が破られたのは、遠目に海が見え始めてからだった。

「海が見えてきたぞ！」

「マジで！　やっとか！」

海が見え始めてからは、漕ぐスピードが上がって、そう時間が経過しないうちに、海へとたどり着いた。

「うわ、すごい匂い」

誠也がそう言うので、僕も大きく鼻から空気を吸い込んだ。潮の匂いが鼻いっぱいに広がっていく。プールでは感じられない、海ならではの感覚だ。

「何してんだよ、早く着替えようぜ」

誠也は待ちきれないようだった。脱衣場へともう足を向けている。

「先行くぜ」

「ちょっと、待ってってば」

ここに来るまでの疲れはどこかへ飛んでいって、さっそく、二人の追いかけっこが始まった。


子どもたちだけで行く海水浴は、なかなかに爽快だった。

保護者という監視役がいないので、思う存分、羽を伸ばせたのが一番の理由だ。もちろん、悪いことをしてはいけないこと、危険なことには重々注意することは、お互い、両親から口を酸っぱくして言われていたので、気をつけてはいた。

二人で砂浜を走り回ったり、砂を使った造形物を作り上げたり、海の中をもぐったり、少し調子に乗って遠泳したり、思う存分、海を満喫した。

そして、それだけではない。僕には別の目的があった。

水着と一緒に、リュックサックの中に入れておいたカメラ。病院にいる彼女のために、海や砂浜の景色を撮らなくてはならなかったのだ。

誠也には、これは親から譲り受けたもので、なんかカッコいいし、せっかくだから持ってきたと説明しておいた。初めは不思議な目で見ていたけれど、最後には二人で一緒になって、海の景色をいくつも撮っていた。

太陽の光を反射する、白くて青い海や、どこまでも広がるような地平線、二人で作り上げた砂の像や、海水浴を楽しむ人々。途中から、僕と誠也のどっちが一番面白い写真が撮れるかの競い合いにまでなった。

そうして、写真を撮ったり、また海に入って遊んだりしているうちに、あっという間に青空は、夕焼けへと変わっていた。赤い陽光が海に反射している光景もきれいだったので、それも写真に収めた。

僕らは二人、砂浜に座り込みながら、沈もうとする夕日を眺めていた。

「はー、すげー楽しかった」

「ほんとだな」

「また、来年も来ようぜ」

「……そうだね」

――来年は、美波ちゃんを連れてこれるといいな……。

誠也と一緒に、もう一度やってきたいというのは、もちろんあったが、僕の心の中を占めていたのは、そんな思いだった。

帰り道も、自転車を頑張って漕ぎ続け、家に帰り着くや否や、ご飯も食べずに眠り込んだのだった。

彼女に会いに行く日。今日は、いつものリュックサックに、カメラを詰め込んで出かけた。

カメラには、先日海へ行ったときの画像データが入っている。あの後、父親に使い方を説明してもらいながらも、写真の整理をしようとしたのだが、ほとんど残してしまった。一枚一枚に、いろいろと彼女に話したいエピソードがありすぎて、消すのが惜しかったのだ。

今日は、写真の話ばかりしてしまいそうだと、小さく笑ってしまう。

自転車に乗りこんで、暑い夏の日差しの中、今日も自転車を漕ぎ始めた。海に行った日は、ぐっすり寝たので、体調はもう万全だった。

ベッドに座る彼女に、僕は手を振って挨拶をした。

「こんにちは……あれ、正樹くんどうしたの？　顔とか腕とか、変な色だよ？」

「ああ、日焼けしたんだよ。この前、誠也と一緒に海へ行ったから」

「あっ、そっか。そういえばこの前、海へ行く予定だって言ってたね」

彼女は納得がいったようで、手を叩いた。

「日焼けすると、こんなふうに色が変わるんだねー。触ってもいい？」

「えっ？　別に、いいけど……」

腕を突き出すと、彼女はペタペタと僕の腕を触り始める。なんだか恥ずかしくて、触られている間、僕はずっとよそを向いていた。

「人間ってすごいな。同じ人間のはずなのに、こんなに色が変わるんだね」

しばらく僕の肌を触った後、彼女はそう言って、今度はまじまじと自分の肌を眺めていた。確かに、彼女の肌は真っ白だった。他の女の人とは全然違う、黄色味なんて全くない、新雪のような白。

「確かに。同じ人間なのに、美波ちゃんのほうは、肌、すごく真っ白だよね」

「私は、こんなに真っ白なの、嫌だけどな。他の人みたいな肌の色が良かった」

いつもの明るい彼女とは違う、暗さを感じさせるような声。僕は不思議に思って、首をかしげた。

「僕は、美波ちゃんの肌、きれいだと思うな。なんか、アニメに出てくるかわいい女の子みたいで、僕は好きだよ」

「へっ……えっ⁉」

彼女の白に、赤が差し込み始めたのが見て取れた。慌てて布団をかぶり、僕から顔を隠そうとする。

「その……ありがと」

布団の中から、小さく声が聞こえた。そのしぐさが可愛らしくて、どきどきする胸に、無意識に手を当てていた。

しばらく、布団に隠れている彼女を眺める。

「ところで、今日は、何の話をしてくれるの？」

また布団から慌てた声で、彼女の言葉が聞こえた。

「今日は、海の話をしようと思うんだ。それで、見てほしいものがあるんだけど」

「何？」

「出てくれなきゃ、見せられないよ」

「今は、ダメ！」

「えー、いつまで待ってればいいの」

「もうちょっと、待ってて！」

その後、少し待っては「もういい？」「まだ！」というやり取りをするのを二回ほど繰り返して、ようやく彼女は、布団から顔を出した。

「それでね、これなんだけど」

僕はリュックサックからカメラを取り出して、彼女に見せる。

「二人で、海の写真いっぱい撮ってきたんだ」

「ほんと⁉　見てみてもいい？」

カメラを操作して、画像一覧から海の写真を一枚一枚見せていった。写真について、いろいろと言葉をつけ足していくのも忘れない。

彼女の反応はとてもよかった。一枚一枚見せるたびに「わぁ……」と感嘆の声を上げたり、大きく笑ってくれたり、見せている僕のほうがうれしくなるような反応ばかりしてくれた。

すべての写真を見せた後、彼女は大きく息を吐きだした。

「すごくいい写真ばっかりだった。見せてくれてありがとね」

「それは良かった。美波ちゃん、今はまだ海に行けないからさ、少しでも海に行った気分を感じてくれたらなって」

「そのために、写真、撮ってくれたんだ」

彼女は愛おしげに、カメラを抱きしめた。

「うん、本当にね、海に行った気分だった。正樹くんの話を聞いてるだけで、私も楽しい気分になれた」

「これからもさ、いろんな所へ行くときに、写真を撮ってくるからさ。それで、美波ちゃんが行ってみたいって言ってた場所を、少しでも見せられたらいいなって」

「えへへ、私には夏休みなんてないのに、なんだか、一緒に夏休みを過ごしてるような気がするね」

「そうだね」

　確かにもう、彼女のいない夏休みなんてものは、考えられなかった。それぐらいに、彼女との会話が楽しすぎて。

　これからも、彼女とずっと友達でいたい。そんな思いが、ますます強くなったのを感じた。

4

それからというもの、このときの僕が使っていたリュックサックの荷物に、カメラが毎日のように入るようになっていた。誠也と一緒に外で遊ぶときも、家族みんなで遠出するときも。外へ出かけるときは、欠かさずカメラをリュックの中に入れていた。

カメラの扱いも、何度も使っていくうちに、いつの間にか慣れていた。「こういう使い方があって」と母に対して、得意げになって説明をするぐらいに。

彼女が見たことのなさそうな景色、彼女が驚きそうなもの、そういったものを片っ端から写真に撮っていく。そんな様子を、誠也は不思議な様子でいつも見ていた。

「お前、そんなに写真を撮ってさ、どうすんの？」

「別に、どうもしないよ」

「なんか、変わったよな。正樹」

「変わったって、何が？」

「勉強に真面目になるし、塾とか行き始めたし、写真とかも撮り始めたし。親に何か言われたの？」

「違うよ。なんか、急に興味がわいたんだって」

「塾の日以外にもさ、水曜とか、土曜とか、いっつもどこかに出かけてるし。何してるの」

「別に、たいしたことしてないよ」

「……ふーん」

誠也の追及はそこで終わったが、納得いかないといったような顔だった。

「夏休み前にも言ったけどさ、いつか、絶対に聞かせてもらうからな」

「……分かったよ」

口ではそう答えて、その場は取り繕った。


楽しい時間はあっという間で、七月が過ぎて、八月に入った。

今日は土曜日。今日も、いつものように彼女の元へと向かう。

もう両手で数えきれないぐらいに行き来した道を自転車で進み、病院の駐輪場に自転車を停めた。

今日も病院の中は、入院している人から、僕のように見舞いに来た人まで、それなりに人が集まっていた。

いつものように階段を上ろうとすると、ポンポンと肩を叩かれた感触がした。

誰だろうと思い、振り向くと頬に当たる指。叩かれた肩のほうを向くと、指が頬に当たるという、よくあるいたずらだ。

そして、こんないたずらを仕かけてくる相手に心当たりは、一人しかいなかった。

振り返ると。そこにいたのは――。

「誠也、どうしてここに？」

「偶然、お前が自転車漕いで、どっかへ向かっているのを見つけてさ。いつもどこ行ってるのか気になって、後をつけてたんだよ」

してやったりといったような顔。偶然なんて言葉はきっと嘘だ。僕が毎週水曜や、土曜日にどこに行っているのか調べる機会を、ずっと窺っていたのだろう。

「それで、何のためにここに来たの？」

これはまずいと、僕はとっさに嘘を考える。この期に及んでも、僕は彼女のことをごまかそうと思ったのだ。

「おばあちゃんが入院してて――」

「お前のおばあちゃん、ここよりもずっと遠くに住んでるって言ってなかったか？

なのに、ここに入院してんの？」

「そうそう。こっちにやってきたときに、ちょっと入院することになったみたいで」

焦って声が裏返る。誠也の言うことが正しく、僕の祖母はここより二つほど離れた県に住んでいた。この病院に入院できるような距離じゃない。

「ふーん。で、何で正樹ひとりでやってきてるんだ？　親と一緒に来ればいいじゃんか」

「それは、お母さんいつも忙しいし……」

「春に、何度かお前ん家遊びに行ったことあるけど、そのとき親いたよな？　あの日は土曜日だったぞ？」

後ずさりしながら言いわけを続ける僕に対し、距離を詰めながら矛盾点をついてくる誠也。

いつしか、僕は壁に追い詰められていた。もう逃げられそうにない。二重の意味で。

「正直に言えよ」

もう、降参するほかなかった。僕は両手を挙げた。

「なるほどね。最近になって妙に真面目になったり、塾に通いだしたりしたのは、それが理由か」

待合広場のソファーに二人で座って、僕は彼女のことについて、誠也に話をした。

僕が入院したときに、彼女と出会ったこと。

彼女に毎週土曜日に、授業の話をする約束をしたこと。

授業がなくなった今は、毎週水曜と土曜に、夏休みや塾についての話をしていること。

写真を撮り始めたのは、外に出たことのない彼女に、外の景色を見せてあげるためだということ。

自分がこれまでしてきたことを、誠也に話すのは、どうにも恥ずかしいものがあった。

一通り説明を終えた後、しばらくして誠也は口を開いた。

「俺も会ってみたい」

「えっ……」

「ここにいるんだろ？　だったら俺にも会わせてくれよ。なっ、いいだろ？」

反射的に嫌だと感じた。理由が分からずに、口には出せなかったけれど。

手を合わせて頼み込んでくる誠也に、ただ断るだけの、納得させられるような理由を、僕は持ちあわせていなかった。

「別に、いいけど」

「マジか！　よっしゃ、ありがとう」

　ああもう、と天を仰ぎそうになったが、嫌だという感情を表に出すわけにはいかなかったので、ため息と気づかれないほどの小さな息を吐くことでごまかした。

　誠也を連れて、彼女の病室まで向かう。階段を上がろうとしているところで、夏目さんと出くわした。

「あら、正樹くん。今日も来てくれたのね。隣の子は、お友達？」

「はい、友達の誠也です」

「どうも」

　誠也は簡単な会釈だけして、僕の腕を小さく引っ張った。早く行こうぜというサインだ。

「あの子の友達が増えて、私もうれしいわ。正樹くん、誠也くんも、本当にありがとう」

　誠也は僕の腕を引っ張る力をさらに強くした。誠也は褒められるのに慣れていない。僕の母が誠也を褒めるというか、お世辞のようなものを言うことが何回かあったのだけど、そのたびにどこかつっけんどんな態度をとってしまっているのをよく見ていた。今回の場合、自分は別に何もしていないのに褒められているのだから、照れだけでなく、いたたまれない気分もあるに違いなかった。

「それじゃ、話をしに行ってきます」

「うん、行ってらっしゃい」

挨拶をして、階段を上り始めると、誠也は容赦なく僕の腕を引っ張り始めた。早くこの場から離れたいらしい。少し転びそうになりながら階段を上がった。上がり切った後で、ようやく腕を引っ張るのをやめてくれた。

病室の扉を開けると、すでに彼女はベッドから体を起こし、話を聞く体勢をとっていた。時計を見ると、いつもここに来ている時間をオーバーしている。誠也のことがあったので、少し待たせてしまったのだろう。

「美波ちゃん、遅れてごめん」

「そんな、気にしなくていいよ……ところで、そちらの人は？」

彼女は後ろの誠也に気づいたらしい。その声を聞いて、割って入るように、僕の脇から病室に入り込んだ。

「どうも、誠也って言います。こいつの友達です」

「誠也くん、だね？　初めまして。一之瀬、美波って言います。えっと……正樹くんとは、いつも仲良くさせてもらっています」

そう言って、少し儚げに笑う彼女。僕と初めて会ったときと同じ顔だった。

「ちょい、ちょい」

二人にしか聞こえないような声で、誠也が僕にささやいてくる。

「美波ちゃん、めっちゃ可愛くね？」

「そりゃ、まあ」

「なるほどな。そういうことだったか」

一人で納得したかのように、うんうんと頷く誠也。考えていることは容易に想像がついた。

「別に、そんなんじゃないって」

「分かってる、分かってる」

「だから、違うって！」

ひそひそと二人だけで話をしていると「あのっ」とおずおずとした声が聞こえた。

「何の話をしてるの？　良かったら、私も交ぜてもらえないかな？」

「いや、気にしなくていいって。僕らの話だから！」

「正樹くんたちの話に、どうして、私は入れてくれないの？」

「ああいや、違うんだよ。そういうんじゃなくて――」

ムスッとした顔をする彼女。慌てて弁明をする僕の傍で、誠也がニヤニヤしていたのが、どうにも腹が立った。

「それで、今日はどんな話をしてくれるの？」

「今日は……誠也もいるし、誠也と遊んだときの話をしようかな」

このときは、誠也の家に遊びに行ったときの話をした。誠也の家はなかなかに大きい一軒家で、誠也の両親だけでなく、母親のほうの両親、つまり祖父母まで、その家で一緒に暮らしている。

そんな誠也の家だが、家の敷地内に、一つ倉庫があった。横だけでなく、縦にも大きく、はしごが用意されており、二階まであるような立派なもの。一階は物置として利用されているものの、二階は何にも使われていなかったので、そこが僕たちの、いわゆる秘密基地のようなものになっていた。

ボールを持ち込んで、キャッチボールをして遊んだり、カードゲームをしたり、携帯ゲームを持ち込んで通信対戦なんていうのもやった。わざわざ、そこでやる必要はないのに、なぜだか、こういう特別な場所でやるのが気に入っていたのだ。

この前は何をしたのかというと、お互いの家から水鉄砲を持ち出して、ガンマンごっこをしていた。下のほうから遮蔽物(しゃへいぶつ)として使えそうなものをいくつか持ってきて、隠れながら撃ち合うという徹底ぶり。遊び終わるころには、お互いにびしょぬれになっていたから、しばらく外で日向ぼっこをしていた。

「でさ、一瞬の隙を見つけて撃ったら、見事にあいつの目に入ったらしくてさ、しばらく動けなくなってたもんだから、すかさず連続で撃ったんだよ。あんときの正樹の顔、もうびしょびしょでさー」

「へえ、目を狙って当てるなんて、すごいのね！」

「遊んでる最中、練習してたんだよ。で、今ならいける！　と思ってさ――」

ふと気がつけば、よく話が弾んでいるのは、誠也と彼女の二人だった。

彼女の笑顔と、誠也の笑顔。楽しそうに話す二人を交互に眺めていると、なんだか、もやっとした感情が現れる。今になって、断ろうとした理由がはっきりした。

そもそも、何で僕は誠也にこのことを話そうとしなかったのか。

相手は女の子だから、この話をすると、誠也にからかわれそうで嫌だったというのもある。

実際そうなっているわけだけれども、会いたいと言い出しそうで、それが嫌だったというのもある。

けれど、何より一番に、彼女との時間を邪魔されるのが嫌だったのだ。

夏休みの話や、授業の話、外の景色の話をするのは、僕だけでありたかったし、彼女の一番の友達は、僕でありたかったのだ。

その立ち位置が脅かされていることが、僕には到底、許容できるものではなかった。

何とかせねばと、ときたま、会話の主導権を取り戻すために、新しい話題を持ち出したりするも、結局、僕以外の二人で会話が弾んでいってしまい、また新しい話題を持ち出すということが繰り返された。誠也が話し上手だったのか、僕が話し下手だったのか。おそらく、両方なのだと思う。

　それが三回ほど繰り返されたころだろうか。僕が退屈そうに時計を見上げると、もうすぐ五時になろうかとしていた。

「ごめん、そろそろ時間だから……」

　誠也の好きなテレビ番組の話で盛り上がっているところを、その言葉で断ち切った。

「時間がたつのは早いね。また来週もよろしくね。誠也くんも、来週は来れる？」

「うーん、分かんね」

　何を言っているんだと思った。誠也は水曜や土曜は、何も予定なんてなかったはずだ。現に、こうして僕の後をついてくるほどだし。

「また機会があったら、一緒に話そうぜ。三人でさ」

「うん、楽しみにしてるね」

「……じゃあ、また来週」

　三人で話そうという言葉に、楽しみにしてると返した彼女。

　別に、悪いことなんて一切ないはずなのに、どうにもその言葉が気に入らなくて。

なんだか煮え切らない気分だった。

セミの音をＢＧＭに、二人とも縦一列になって、自転車を漕いでいた。辺りが茜色に染まっているけれども、セミはまだまだ鳴きやむ気配は見せなかった。

「美波ちゃん、めっちゃいい子だったわ。めっちゃ可愛いし」

「……そうだね」

「どうしたんだよ、正樹。なんか怒ってる？」

「……怒ってないよ」

本当に、怒ってはいなかった。

ただ、今回の出来事で、いろいろと気に入らないことが多々あっただけだ。

彼女と仲良さげに話す誠也も、それを受け入れている彼女も、二人に対してそんなことを考えてしまっている自分も、どこか気に入らなくて。

不快感の対象や、その人に抱くべき感情を、どうにも定め切れずにいた。

「ところで、病室ではああ言ってたけど、来週からどうするつもり？」

僕の前を走る誠也に向かって、セミに負けないように少し声を張り上げながら、そう尋ねる。

「俺は行かねえよ」

「何でさ？　あんなに仲良く話していたのに」

言葉じりに、怒りの感情が混ざっているのを分かってはいるものの、それを抑えようとしなかった。

「普段は、勉強の話もしてるんだろ？　遊びの話ならいっぱいできるけど、勉強のほうは勘弁だわ。だって、勉強の話なんて、面白くないじゃん？」

「それは――」

違うと続けようとして、そこで言葉を飲み込んだ。

そのまま言葉を続ければ、また誠也にからかわれるに違いなかった。それに、自覚があるとはいえ、自分が真面目になったのだと公表するような行為は、どうにも恥ずかしかった。

「だからさ、お前、すごいわ」

「何が？」

「美波ちゃんのために、わざわざあそこまで行って、勉強の話をするだなんて、俺には絶対にムリだわ。そもそも、お前があんなところまで行くって、最初に分かっていたら、絶対、後なんてつけなかったし」

「そうかなぁ……」

誠也の言葉に、無意識に首をかしげている自分がいた。

やりたいと思ってやり始めたことだったから、正直なところ、そんなにすごいことをやっているという自覚はなかった。

やっていることと言えば、ただ話をしているだけ。もちろん、そのための準備だとか、移動時間とかを鑑みれば、十分すごいことではあるのだけど。

「ともかく、もう病院にまでは行かないわ。いつか美波ちゃんが退院したらさ、そんときは三人で遊ぼうぜ」

「そうだね！」

しばらく二人で、三人でやりたいことについて語り合った。こういうことがしたい、ああいうことがしたいと、思いつくがままに言い連ねていく。

退院できるのがいつになるかなんて、全く知らなかった。二人とも、きっといつか退院できるという希望的観測でしか、ものを言っていない。そして、それはいつの日か叶うものだと、本気で信じていた。

どこまでも、楽観的で、夢想家なのだろうと、今は思う。

けれど、子どもなんて、そんなものなのだろう。

三十分かけて帰るはずの道も、二人で話しながらだと、あっという間だった。

門限まであともう少しあるので、話をしやすいようにと、自転車から降りて、二人とも歩いていた。

僕らの話は、三人で一緒にやりたいことから、再び彼女の話に戻っていた。

「美波ちゃんってさ、めっちゃ可愛いし、いい子だよな。きっと、いい奥さんになると思うわ」

「まだ結婚なんてできないくせに、何を言っているんだよ」

「えー、お前はそう思わないのかよ？」

いい奥さんと言われて、僕は母を思い浮かべた。その姿かたちが、そのまま彼女のものに移り変わると……どうにも違和感しか覚えなかった。

「なんか、美波ちゃんが、ご飯作ったり掃除したりしているとこ、全然想像できない」

「何でだよ、意味わかんね」

病院にいる光景しか見ていないためか、どうにも、彼女が病院の外にいるイメージがわかなかった。

それでも、彼女が僕らと一緒に遊んでいる光景を想像してみる。黒髪をなびかせ、楽しそうに笑う彼女までは想像できるものの、その格好は病院服のままだった。クラスメイトの女子ってどんな服着ていたっけと、頭を巡らすも、どうにも思い出せなかった。

もし、彼女が無事退院できて、僕らと一緒に遊ぶことができるようになったら、どんな格好をしてくるのだろう。かなり興味がわいていた。

「ともかくさ。俺はお前らのこと、応援しているからな。二人とも、お似合いだと思うし」

「んっ？」

　別のことを考えていたのもあって、少し反応が遅れてしまう。

「応援って、何がだよ。それに、お似合いって」

「何がって――」

　誠也は足を止めた。慌てて僕も立ち止まり、ゆっくりと後ろ歩きで、誠也の隣へと戻ると、誠也は僕のほうを見ながら言った。

「お前、美波ちゃんのことが好きだろ？」

「はあ⁉」

　真面目な様子を取り繕おうとしているものの、誠也の顔は、どう見ても笑みが隠しきれていなかった。

　どう見ても、からかうつもり満々である。

　男の子と女の子が仲良くしていたら、それだけで、小学生はからかいのネタに変えるのだ。たとえ、真実が違うものだとしても。

「違っ、だから、そんなんじゃないって！」

「好きだから、あんなにもめんどくさいことやれるんだろ？」

「違(ちげ)えって！　ただ、美波ちゃんとは、友達なだけで」

「そんなこと言って、本当のところはどうなんだよ。おら、白状しろよ」

「友達だって言ってるだろ！」

いくら否定しても、ハイハイという言葉で済まされ、必死に弁明するも、その必死さをからかわれ……結局、家に帰るまで散々からかわれた。

やっぱり、彼女に会わせるんじゃなかったと後悔した。


次の日、もうすぐ昼になろうかとしているころに電話がかかってきた。

電話の相手は誠也。何でも、会って話したいことがあるとのことだった。話す場所は、僕の家になった。

昼ご飯を食べ終わったぐらいに、誠也はやってきた。もうお互いの家には何度も行った仲なので、僕が案内するまでもなく、勝手知った顔で、僕の部屋へと向かう。母から麦茶のボトルとコップが二つ載ったお盆を受け取って、僕もその後に続いた。

誠也は僕の部屋の床に、胡坐(あぐら)をかいていた。その表情からは、普段のおちゃらけた様子とは違い、硬さのようなものを感じた。

「話ってのは、昨日のことなんだよ」

　お盆を適当なところに置いた僕を見届けてから、誠也は話を始めた。僕も、誠也の前に胡坐をかいてから、話を続けるよう手振りで合図する。

「俺もさ、美波ちゃんのために、何かしてやりたいと思ってさ。ふと、昨日の晩に考えたんだよ。俺は勉強なんて嫌いだから、お前みたいに、自転車を漕いで美波ちゃんのところへ行って勉強の話なんて無理だし、俺の好きなアニメや漫画の話は、美波ちゃんには分からないし、せいぜいできるのって、遊びの話ぐらいで、それぱっかりじゃ、美波ちゃんが知りたいことは全然教えられないなって」

　一気に言い切ってのどが渇いたのだろう。誠也は、麦茶をコップに注いで、それを一息に飲み干した。

「だからさ、俺にできることは、お前の協力をすることぐらいだなって。お前と一緒に夏休みを楽しんで、その話をお前にしてもらうことだと思うんだよ。写真を一緒に撮ることも考えたけど、俺は親のカメラを使う許可が取れなかったし。だから、写真を撮る手伝いも、お前のカメラを使ってでしかできなくてさ、悪いな」

「別に、僕のカメラを使うのはいいけどさ、いいの？」

「いいって、何がよ？」

「美波ちゃんと話をするの、僕だけでいいの？　勉強の話はできなくても、二人で遊んだときの話とかは、別に誠也が話したっていいと思うんだけど」

　本音を言えば、ついてきてほしくはないけれど。どうしてこうやって身を引くのか、単純に気になったのだ。

「あそこまで行くの、面倒じゃん。それにさ、二人の仲を邪魔したくはないし」

　少し癇に障る笑みを浮かべたまま、誠也はそう言った。

「また、そうやってからかって」

「実際、お似合いだと思うけどなー。それで、いつチューすんの？」

「そういうの、もういいってば！」

　怒りのあまり、普段以上の大声が出てしまった。これ以上からかうとまずいと感じたのか、誠也はそれ以上は言わなかった。

「それで、これからはどうするつもり？」

「美波ちゃんは、外に出たことがないからさ、夏といえば、というようなものを、僕たちで代わりにやって、その話をしようと思ってるんだ。撮れそうなら、写真なんかも撮って」

「なるほどな。ってことは、この前行った海の話はもうしたんだよな？」

「うん、美波ちゃん、すっごく喜んでた」

「だったら、今度は山とかどうよ？　ほら、学校の先の坂道を上ったところにあるやっ」

「あっ、それはいいかも」

ここから自転車で行こうとすると、四十分ぐらいだろうか。小学生でも、まあ行けそうな距離だ。

「他にも、来週あたりに近くの神社で、花火大会とかもあるだろ？　花火なんかも写真で撮ってみたらよさげじゃね」

「それは僕も考えてた。でも、僕の家には……何て言うのかな、土台のようなものがないから、うまく撮れるか分からないんだよね」

「それなら、家にいいものがあるぞ。よかったら貸すから」

「ごめん、助かる。ありがとう」

他にも、あそこに行きたい、こういうことがやりたいと、これからの夏休みの予定について語り合った。

もちろん、小学生なので、子どもだけで行けるところには限りがあるし、お小遣いも、それほど多くもらっているわけではないから、お金がかかるようなところにも行きづらい。それでも、いろんなアイディアが浮かんで、止まることはなかった。

「こんだけ、やりたいことあるならさ、せっかくだし、スケジュール表みたいなの、作っておかない？」

「それ、名案！」

「せっかくだからさ、今度作ってくるよ。この日はもう予定があってダメとかあったら教えてくれ。塾の日と、美波ちゃんのところへ行く日と、お盆休みは空けておくつもりだけど、他に何かあるか？」

「いや、多分大丈夫。おばあちゃん家に行くのも、多分お盆休みのはずだから」

「お前のおばあちゃん、入院しているんじゃなかったっけ？」

「悪かったってば！」

けらけらと腹を抱えて笑う誠也。僕のほうはというと、病院でついた、下手な嘘のことを思い出して、恥ずかしさがこみあげる。

それが落ち着くと、しばらく、このネタでからかわれそうで、今度はうんざりな気分になった。せっかく、傷ハゲについてはそれほどからかわれなくなっていたというのに。

「はー、今年は一段と忙しいな。こんなにも予定ぎっしりの夏休みなんてさ、初めてじゃね？」

「うん、僕もそう思う」

ほとんど遊びの予定とはいえ、大人からすれば、こんなのは、ハードスケジュール以外の何物でもない。

けれど、子どもの体力と、持ち前のガッツさえあれば、こんなのでも平気だった。楽しい記憶さえあれば、疲れ果てることでも、楽しかった思い出にすり替えてしまえるのだから。

「ところで、毎年、最後の週に夏休みの宿題をやるって決まりだけど、誠也は宿題をいつやるつもり？」

「……………」

急に視線が合わなくなった。遊びの予定ばっかりで、そこは全く考えていなかったらしい。

「そういうお前はどうなんだよ？」

「塾の日は、夏休みの宿題をやる時間があるから。そのときにやってる」

「この裏切り者！」

酷い言われようだった。僕自身は悪いことを一切していないというのに。

「僕が塾や美波ちゃんのところに行ってる日は、少しずつでいいから、宿題進めたほうがいいぞ。夏休み終わりになって、宿題終わってないから、今日の予定は無理とかいうのは、僕は嫌だからな」

「……はーい」

素直な返事が聞こえてきたけれど、その後、小声で「こういうところまで、真面目になりやがって……」なんて言っているのを、僕は聞き逃さなかった。

「さて、せっかく僕ん家来てもらったわけだし、ゲームでもしようか」

「それなら、あれやろうぜ」

僕の部屋の、ゲームソフトが並んだ棚の中から、誠也は一つのソフトを取り出した。

誰もが知っている有名キャラクターが車やバイクに乗ってレースをするゲーム。僕がこのゲームを親に買ってもらってからは、毎日のように二人でこのゲームをやっていたものだから、お互いにこのゲームのことを熟知していた。

「この前は、ギリギリで正樹に抜かれて負けたけど、今回は負けねえぜ」

「はいはい、どうせまた僕が勝つんだって」

コントローラーを握り、ゲームが始まる。勝ち越されたら、もう一回勝負が始まってを繰り返し、二人の目が疲れるまでゲームをやり続けた。

負けず嫌いなのだ。お互いに。


次の日、誠也はさっそくスケジュール表を完成させて、僕に見せてくれた。

そこには、八月いっぱいの予定が、ほとんど一日刻みで書かれていた。美波ちゃんに会いに行く日が週に二回、塾が週に一回あるので、それを除いた四日分は、目一杯遊び倒すようなスケジュール。昨日考えていたものだけでなく、他にも、誠也の発案で書かれたものがあったが、どれも面白そうだったので、僕はすぐにＯＫを出した。

どうやら、夜更かしをして完成させたらしい。その日は一日中、何度もあくびを浮かべていた。

そうして、それからの夏休みは、誠也のスケジュールに則って、いろんな場所へ二人で出かけては、夏らしいことをやったり、夏らしい景色なんかを写真に撮った。

例えば、山に行ったときに撮った、僕らの身長の何倍もあるような大きな木や、山頂から見下ろした、まるで海のようにも思える、緑の広がる景色。

例えば、右にも左にも立ち並ぶ祭りの屋台や、夜空に大きく広がる、色鮮やかないくつもの花火。

もちろん、そうした写真はすべて、彼女に見せに行った。写真を撮ったその場所での出来事も忘れずに話した。

「この木でっかいだろ？　でもさ、それだけじゃないんだよ。この山はカブトムシやクワガタがいっぱい捕れるのでも有名で、夜になると、この木の樹液を吸いに集まるんだって。夜に行けるんだったら、撮りたかったんだけど……」

「僕らは毎年このお祭りで、かき氷と豚バラ串を買うんだ。写真で言うと……あった、この屋台とこの屋台のやつ。この屋台の豚バラ串が、コショウがしっかりかかっててておいしかったんだよ」

「このお祭りがあった日に、花火の写真も撮ったんだ。撮ったところは、ちょっと草がチクチクするんだけど、花火を見るのにめっちゃいいところでさ、僕らが見つけたんだけど、その場所は――」

本の中か、テレビ番組でしか見聞きしたことのなかった世界は、彼女にとって、これまで以上に新鮮で、興味を惹かれるものだったようだ。どんな話をしていても、彼女の目が輝いていた。時折こぼす「いいなぁ……」という声も、彼女がこうした話や写真に心を惹かれている一つの証拠だろう。

僕らの夏休みは、これ以上ないほどに充実していて、毎日が楽しく輝いていた。それは、僕や誠也だけでなく、きっと彼女にとっても同じだったはずだ。


夏休みもだいぶ過ぎ、お盆休みを目前に控えた土曜日のこと。

夏の暑さは衰えることなく、毎日のように猛暑日が続いていた。そんな中で自転車を漕いでいたら、当然のことながら大量の汗をかくのが普通だ。

「今日もありがとう。それにしてもすごい汗だね」

どうにも、彼女から心配を受けるほどに、汗をかいていたらしい。

「今日も外がめっちゃ暑くてさ。最近ずっとこんな感じだよ……」

まだ体に残っている熱を逃がすために、手であおぎながら、席に着いた。

その日のテレビニュースでは最高気温三十六度だと言っていた。

「そっか、夏だもんね……」

そんな僕の様子を見ていた彼女は、不思議なことを口にした。

「ねえ、前々からずっと気になっていたんだけど……暑いって、どんな感じ?」

「どういうこと?」

そんな質問をされて答えられる子どもが、はたしてこの世界にいるのだろうか。

さすがに、ぱっと答えるには無茶な疑問なのだと、彼女も分かっていたのだろう。

少し笑いながらこう続けた。

「実はね、私は、夏というものをちゃんと知っているわけじゃないの」

「夏を?」

「夏が暑いことは知ってるの。本で読んだし、テレビも、お母さんも、この時期はみんな暑いって言うし。でも、本なんかで見かける『うだるような暑さ』だとか、『じりじりと照りつける暑さ』とか。そういうの、私は知らないんだなって」

彼女の言葉に、このときの僕は耳を疑った。

夏の暑さなんて、誰もが知っているはずのことだ。日差しの暑さに汗を流す感覚や、日に晒している皮膚がじりじりと焼けていく感覚。そんな当たり前の感覚を彼女は知らない。

僕は、皆が共通に持っているに違いないこの感覚を、うまく伝えきれないことがもどかしく、悔しさで胸がつまりそうだった。夏の暑さを、どうにも言葉で伝えきれる気がしないし、写真では夏の日差しは写せても、それが実際にどれほど暑いのかを説明するには足りない。

退院できるまで待つというのもあるだろう。しかし、このときの僕には辛抱ができなかった。

何とか伝えきれないかと、子どもの頭で考え、口から飛び出した答えは「だったら、今から知りに行こう」というものだった。

「どういうこと?」

「今から外に出よう。外に出れば夏の暑さが分かるだろ?」

言うが早いか、僕は席を立っていた。

「でも、お医者さんからは病院の外に出るのはダメだって……」

「そんなの気にしていたら、いつになっても夏の暑さなんて知りっこないって。ほら、行こう！」

近頃の真面目さはどこかへ飛んで、鳴りを潜めていた悪ガキが姿を現した。けれど、このときの僕は、ただ面白おかしくはしゃぐのではなく、彼女を喜ばせたいと、その一心だった。

彼女にスリッパを履かせ、手を引いて走り出した。道中、僕らを入院者たちから見られたら……というのは、このときは気にもしていなかった。彼女の手をきちんと握り、階段を一つ飛ばしで越えて、一階へと駆けていった。

下りた先の廊下を少し奥に進めば、裏口がある。そこから外に出られるはずだった。

「ごめん、ちょっと待って」

階段を下り切ろうかとするところで、彼女から静止の声がかかった。急に走り出したのが悪かったのか、運動をしていなくて体力がなかったのか、息を切らしていた。

「大丈夫？」

「もうちょっと、待って……」

早く外へ連れ出してあげたいと、せっつきたい気持ちを抑える。どこか、焦りを感じてしまっていたのに気づき、自分も小さく深呼吸をして、大きく息をする彼女の呼吸が落ち着くのを待った。

「もう、大丈夫。ありがとう」

「よし、それじゃ行こう」

やっぱりまだ、どこか焦ってしまっていたのだろう。それか、単に注意不足だったか。階段を下りた先の様子を窺うことを忘れてしまっていた。

「……ちょっと、君たち！」

運悪くも、廊下の左奥から、看護師が僕らに気づいてやってくる。逃げようとして、急に彼女の手を引っ張ったのがいけなかった。急に引っ張られた彼女はうまく体のバランスを取り切れず、その場で転んでしまった。すぐさま助け起こすも、その間に看護師は僕らの目の前にまでやってきていた。

「あなた、美波ちゃんよね？　先生の許可なしに病室を出たらいけないっていうのは、知っているでしょう？」

「…………」

「それに君も、どうして彼女を引っ張ろうとしてたのかしら？」

「それは……」

「話はあとで聞きます。まずは病室に戻りなさい」

逃げられそうにない。おとなしく観念するしかなさそうだった。

もちろん、看護師たちにしっかり怒られてしまった。怒られ慣れている僕は平気だったけれども、自分のせいで怒られてしまった彼女のことを思うと、どうにも心苦しかった。

その日の夜、僕は誠也に電話をかけた。

「もしもし?」

「誠也、あのさ――」

誠也に今日起こった出来事と、どうしたら良いのかの相談を持ちかける。

看護師が言うには、彼女は体が弱いからという理由で、走ることはもちろん、病院内を必要以上に歩き回ることも禁止されているとのことだった。階段を急いで駆け下りて、息切れしたのも、それが原因のようだった。

けれども、彼女を外に連れ出すのを、諦めきれなかったのだ。

これまで、いろんなことを話してきたし、教えてきたのに。夏の暑さ、ただそれだけを共有できないことが、どうにも我慢ならなかったのだ。

そんなふうに、病院の中を歩くこともできないなら、僕が背負ってでもいい。外にいるのは長い時間でなくていい。ほんのわずかな時間、病院の外に出て、夏の暑さというものを感じてくれれば、それで良かった。

「そうだよな。せっかく夏休みの話をたくさんしているのに、一番大事な、夏のことが分からないってのは、やっぱおかしいと思う」

「うん。だから……」

「おう、俺も協力するぜ」

「サンキュー！」

　病院に行くのは面倒だのなんだの言うが、こういうところはしっかり力になってくれる奴なのだ。

「外に一度連れ出すっていうのが、一番早いと思うし、確実だと思う。あとは、どうやって連れ出すか、だよな。外に出られそうな場所は？」

「出口は二つだけ。入り口と、奥のほうにある裏口」

　記憶を頼りに、人が出入りできそうな場所は、入り口——正面玄関と、緊急搬送の際に使われる裏口しかないことを、誠也に話した。

「入り口のほうは受付の人がいるし、他の人もたくさんいるから、外に出るなら裏口のほうだと思う。ただ、階段を下りて、裏口までは一本道だから、隠れる場所がほとんどないのが問題で……」

「エレベーターは使えないの？」

「エレベーターは、人がたくさんいる広間のところにあるんだ。降りたらすぐ、人に見られちゃうよ」

「なるほどな、となると、階段を使うしかないわけか……お前、入院していたんだし、看護師が来ない時間とか知らないの？」

「さすがにそこまでは知らないよ」

「あと、戻るタイミングも考えないとだよな。戻るときに怒られるのは、やっぱり嫌だろ？」

「そうだね……」

　僕のせいで彼女が怒られるなんて事態は避けたかったので、そこもしっかり考える必要があった。そもそも、病室から連れ出さないのが正しいのだろうけど、そんなのは、一切考えていなかった。

「そうなると、調べる必要があるな……正樹は、お盆にばあちゃん家に行くんだろ？水曜日には戻ってくるんだっけ？」

「うん、明日から行って、水曜日に戻る予定」

　おばあちゃん家に行くから、今度の水曜日には、病院に行けないことは彼女に話していた。

「なら、木曜日から、病院の調査しようぜ」

「調査……いいな、それ！」

彼女のために調べるというのも、もちろんあったが。調査という言葉に胸が躍った。それは、刑事だとかスパイだとか、そういった人たちがやることだからだ。

少年にとって、カッコイイ大人と同じことができるというのは、それだけでワクワクできるものなのだ。

「というわけで。夏休みの予定は、いったん変更な」

「……ごめんな。今週、本当はプールに行く予定だったのに」

「いいって、そんなことより美波ちゃん、だろ？」

これが電話じゃなかったら、誠也の手を握っていたことだろう。僕は仕方なく、電話の前でガッツポーズをとっていた。

「それじゃ、もうすぐ飯の時間だから、木曜日な」

僕も簡単に返事をして、電話を切った。こっちもご飯の準備ができたらしく、おいしい匂いが漂ってくる。頭の中で、木曜日にやることを考えながら食卓に着いた。

僕らの計画が、静かに動き始めた。

祖母が住んでいるところは、一言でいえば山間の田舎町だ。

自然豊かで、野原も多い。走り回ったり、スポーツをするにはうってつけなのだが、それを一人でやるには寂しすぎる。

大抵が、一日目だけ外を駆け回って、二日目からは暇を持て余して過ごすことが多かったので、あまりここに連れてこられるのは好きでなかった。

けれど、今回は違う。今回はカメラを持ってきていた。もちろん、この町の写真を撮るつもりでだ。

祖母の家に着き、久しぶりの挨拶もほどほどに、カメラを持って家を飛び出した。

この辺りはまだ一軒家が立ち並ぶようなところだが、少し歩けば、青々と茂る稲で囲まれたあぜ道へとつながる。そこからさらに歩けば野原がある。学校の運動場ぐらいの広さで、この町に来たときは、いつもここにやってきていた。

――そういえば、美波ちゃんと初めて会ったときにした授業の話は、稲のことだったっけ……。

ふと、懐かしさがこみあげてきて、思わず稲とあぜ道を写真に収めた。彼女にこの写真を見せたら、あの日のことを思い出してくれるだろうかと、少し物思いにふける。

その先の野原では、僕が動くたびにあちらこちらで羽音が鳴る。夏も盛りなので、かなり成長したバッタが飛び回っているのだろう。

バッタが草にとまっている光景が、他の草に邪魔されず、きれいに撮れそうだったので、これもしっかり写真に収めてみた。

ここで走り回ってもいいのだが、せっかくこんな田舎町に来られたのだから、もっと写真を撮れそうな場所があるはずだ。そう考えた僕は、さらに遠出をしてみることにした。

しばらく野原を当てもなく歩き回っていると、少し大きめの川にたどり着いた。流れは緩やかで、水深も浅いのだけど、川幅はかなり広い。少なくとも子どもが飛び越えられるような幅ではなかった。

試しに靴と靴下を脱いで、川に入ってみる。膝下あたりまで感じる水の流れが心地よかった。少し離れた上流のほうで、僕よりも少し小さいぐらいの子どもが網を持っているのが見えた。おそらく、魚取りをしているのだろう。

これも、見栄えがよさそうだと思って、カメラを構え、写真を撮った。おまけに反対側に続く川の光景も一枚撮ってみる。

しばらく川で涼んだ後で、また良さそうな写真を求めて歩き始めた。

僕らの町では見かけないビニールハウスだったり、山の頂上を覆う雲だったりを写真に収めていく。他にもいろいろな写真を撮っているとあっという間に夕暮れになり、夕暮れの景色も写真に収めた。

ひたすら歩き回ったせいか、足の重たさを感じながら、祖母の家に帰りついた。

居間に入り、ずっと持っていたカメラを下ろすと、テレビを見ていた祖母がこちらを向いた。

「おかえり。それにしても、よく焼けてるねぇ」

「そうかな？」

「顔を真っ黒にして。外でいっぱい遊んでるんやろ？」

「うん。海に行ったり、山に行ったり……でも、勉強もしっかりしているからね」

「そうかい、そうかい。偉いねぇ」

祖母がうんうんと頷いているところに、母が飲み物を持ってやってきた。

「子どものうちは、焼けて真っ黒になるぐらいでちょうどいいのよ」

「あんたも、小学生のころは真っ黒にしてたしねぇ」

「今はもうしたくないけどね。ずっと真っ白のままでいたいわ。ヒリヒリしちゃうし」

——焼けて真っ黒になるぐらいがいい、か……。

僕は、ずっと病院にいる彼女の姿を思い出していた。

彼女の顔も、服から出ている腕も、何も書かれていない画用紙のような白さだった。

病院の外に出たことがないというから、日に焼けたこともなかったのだろう。

もしも、彼女が僕のように日焼けしたなら。そんな想像をしてみた。

小麦色に焼けた顔で笑う彼女の格好も、やっぱり病院服だった。


ご飯を食べ、お風呂も済ませた後、僕は部屋の一室を使って作業をしていた。

今日の分の宿題は早々に終わらせた。今からやるのは、それとは別のものだ。

机の上にあるのは、一冊の冊子と、たくさんの写真。

何を作ろうとしているのかというと、アルバムである。夏休みが終わっても、僕らが夏休みに経験したこと、そして、それについて彼女に話した内容を忘れないでほしいと、作っているのだ。

これを作るにあたって、問題となるのが写真の印刷だが、それに関しては、父にプリンターの使い方も教えてもらった。今となっては、もうお手の物だった。

今ある写真は、僕と誠也で遊んでいるときに撮ったものの中から、きれいに写っているものだったり、彼女への説明のときに使った写真を選んで印刷したものだ。いくつか厳選したとはいえ、それでも両手で数えられる以上の写真を持ってきていた。

これらの写真を冊子に張りつけては、これは、どういった写真なのかや、どういったシチュエーションで撮ったのか、一つ一つに分かりやすく説明を入れる。これならば、きっと読み返したときに、僕らの夏休みを思い返してくれるに違いないだろう。

こうして作業を進めていると、ふと、思うことがあった。

どこまでも広がる海の写真や、大きな木の写真。花火の写真もだし、今日撮ってきた夕暮れの写真もそうだ。

僕は、こうした景色を何度か見てきたはずなのだ。

それまでは、何とも感じていなかった景色に、いつしか僕は心魅せられて、こうして写真を撮っては、外の景色のすばらしさを彼女に伝えようとしている。

外の世界について教える僕は、外の世界のことを、きちんと分かっていないといけない。改めて、誰かに伝えるために外の世界というものを見つめなおして、そうして気づくことができたのだ。

外の世界というのは、こんなにも輝かしくて、美しいもので溢れているということに。

そして、だからこそ僕は、外の世界のこと、夏のことについて彼女に知ってもらいたいのだろうと。

こんなふうに思えるようになったのも、彼女のおかげなんだろうと思う。感謝の気持ちがふつふつと湧き上がっていた。馬鹿正直に伝えるのは、照れくさくてできそうになかったけれども。

そんな考え事をしながらも、作業は進めていく。

写真を撮り始めて、まだそんなにたっていないはずなのに、冊子の中身は写真でいっぱいになってしまいそうだということに気づいた。まだ、全部の写真を貼り切ったわけではないので、はっきりとはしていないのだが、下手をすれば二冊目が必要になりそうな勢いだ。少し自重したほうがいいかなとも考えたが、彼女のために作っているものだ。こういったところで惜しんでも仕方がない。

もちろん冊子は、少ない自分の小遣いからお金を出して買っていた。とはいえ、もう一冊ぐらいいなら大丈夫だろう。

「正樹、もう遅いわよ。いい加減に寝なさい」

部屋の外から、母が声をかけてきた。部屋に備えつけられている時計を見ると、もうすぐ十一時になろうとしていた。いつもなら、十時ぐらいにはベッドの中に入っているので、一時間は夜更かしをしていたことになる。

「ごめん、もう寝るね」

まだ貼り切れていない写真が残っていたけれど、ここで作業を切り上げることにした。しばらく祖母の家に泊まるのだから、今日で終わらせなくとも、時間ならまだある。最悪、夏休み中に作り上げられれば、それでよかった。

これを完成させて、彼女に見せることのできる日が、とても楽しみだった。

木曜日。さっそく誠也と一緒に病院に向かい、裏口付近を調べてみる。

裏口近くにある部屋は、漢字ばっかりで、小学生には、何に使われているかよく分からないものばかりだった。ただ、いつも使われているような様子ではない。

「どこも鍵がかかっているし、隠れられそうじゃないよな」

「やっぱり、隙を見つけて……ってことになるか」

そうやって裏口近くをうろついていると、女の人と目が合った。どうやら上階から下りてきたらしい。白衣を着ていないので、面会にやってきた人だろう。

女の人はいぶかしげな目でこちらを見ていた。子どもだけで、病室があるわけでもないこの辺りをうろついているのが不思議に感じたのだろう。

このままではまずいと、変に怪しまれて声を出される前に「こんにちは」と二人でそれぞれ挨拶をすると、女性のほうも「こんにちは」と返事をしてくれた。挨拶をしたのが良かったのかどうかは知らないが、それ以上は何も言うことはなく、そのまま広場のほうへと向かっていった。

「はー、びっくりした。何か言われるかと思った」

「別に、堂々としていればよかったんだって」

誠也はそう言ったものの、このままここにいて、また変な疑いをかけられても困るので、場所を移すことにした。誠也もそれには頷いてくれた。

待合広場のソファーに二人並んで座った。低反発のそれに身を預け、体の力を抜いた。

「思ったんだけど。あそこの階段、看護師の人だけじゃなく、さっきみたいな面会の人たちも使うわけだろ？　その人たちに見つかるのも、まずくないか？」

「言われてみれば……」

面会時間はどうしても、看護師だけでなく、外から面会をするために人がやってくる。さっきは別に、呼び止められるなんてことはなかったけれど、次はうまくいくか分からないし、その人が看護師を呼ばないとも限らない。

「看護師だけならまだしも、面会の人たちがいつやってくるかなんて、さすがに僕らには調べようがないよ……」

「うーん」

小学生でもさすがに、面会にやってくる人について調べるのは非効率的だと分かっていた。仮に頑張って、その日にやってきた人たちの数と、その時間帯を調べたところで、次の日も同じようにやってくることなんてありえないし、ともすれば、次の週ですら同じかどうかも怪しいのだ。どう考えたって、意味がないだろう。

「他に出られそうな場所に心当たりは？　他の人に見られないような場所で」

「……いや、ないな。やっぱり裏口からじゃないと」

「窓からは？　飛び降りれたりしない？」

「ベランダとかないし、二階から飛び降りるのは危ないって」

「やっぱ、そうだよな……」

しばらく二人で考えてみたものの、答えが出そうになかった。

「ともかく、今日は他に出口として使えそうな場所がないか、探してみようぜ」

「……多分、ないとは思うけど、分かった」

くまなく病院の中を探し回ったものの、やはり、他に出口はなかった。

僕らの調査は、わずか一日で行き詰まったわけである。


病院からの帰り道は、二人並んで自転車を押しながら歩いていた。

僕らの気持ちなんか知りもしないで、セミは耳障りに鳴いている。八つ当たりしてやろうとも思うが、どこの木にいるのか探すのも面倒だった。

「明日からどうするよ」

「……どうしようか」

明日も調査するにしたって、何について調査したらいいのかも分からないし、成果が出るとも思えなかった。

「やっぱり、諦めようぜ。いつか、彼女が外に出られる日を待ってさ」

「……諦めたく、ない」

もはや意地になっていた。何としてでも、彼女を外へ連れ出したかった。

「だったら、どうやって連れ出すつもりなんだよ」

「分かんないよ！」

誠也のトゲのある言い方に、怒りのままに言葉を返していた。

言葉を発した後、お互いの空気が悪くなっていくのを感じた。

「何だよその言い方。実際、何も考えなしにやったって、絶対見つかるだろ！」

「そのために調査してるんじゃないか！」

「だったら、何を調べればいいんだよ。分かんないだろ！」

「何もしないよりはいいだろ！　調べる気がないなら、もういいよ！」

「絶対意味ないし。というか、協力しろって言ったのはお前だろ！」

「だったら、別に手伝わなくたっていい！」

「……分かったよ、じゃあな」

誠也は自転車に乗り、そのまま僕を置いて帰ろうとする。僕は誠也の後ろ姿が見えなくなるまで、ずっとその場に立ち尽くしていた。

そして、後になってようやく、自分がいかに短気だったのかに気づいた。しかし、もう遅い。謝る相手は、もうこの場にいない。

「ああもう……」

ゆっくりと自転車を押しながら、僕は家まで帰りついた。

台所で晩御飯の支度をしていた母親との会話もそこそこに自分の部屋に入り、ベッドに寝転がった。傍に放り投げたリュックサックからカメラを取り出して、電源を入れる。

「諦めるしかないのかな」

今日の病院での成果を思い出しながら、この前のお盆休みに撮った写真を一つ一つ眺めていた。

どれもきれいに撮れているとは思うが、夏らしい景色が見られるだけだ。これではやはり、夏の暑さというものが伝わるわけがない。

諦めてしまおうかとも思うが、こうして、あの日に見た景色を眺めていると、やっぱり夏というものを知ってもらいたいと、どこか未練がましく思ってしまった。

「もう一回、入院できたらいいのに」

彼女に会った日のことを思い出す。あのときは、こっそりと病室を抜け出して、看護師にばれないように、病室を出入りしていた。気にするのは看護師の存在だけでよかった。なぜなら、その時間帯に病院の中を歩いているのは、ほとんどが看護師で、一般の人なんてめったにいなかったからだ。

そこまで考えて、あることに気づいた。

「そうだ、午前中なら！」

彼女の入院している病院の面会時間は昼からになっている。ならば、午前中にこっそり病院に入り込んで、看護師のいないタイミングで、彼女を外に連れ出すことができたなら……？

あとは、看護師のいない時間帯を探る必要があるものの、それについては、一つ考えがあった。

何とかなりそうだと、誠也に報告しようと思い、立ち上がりかけて、結局やめた。誠也に対する決まりの悪さが、どうにも邪魔をしてしまった。

「……別に、一人でも調査できるし」

こんなところでも、僕は意地っ張りだった。


金曜日。また自転車を漕いで病院へと足を運んだ。

今週はお盆休みということで、塾も一週間休みになっていた。塾に行くはずの時間も調査に使うことができるのは、非常にありがたかった。

病院の中に入り、向かう先はナースステーション。

「あら、正樹くん。今日はどうしたの？　美波ちゃんに会いに来るのは、水曜と土曜日じゃなかったっけ」

偶然にも、ナースステーションのところにいたのは夏目さんだった。僕の知っている人というのもあって、少し安心する。

「すみません、少しお尋ねしてもいいですか？」

子どもにとって、使い慣れていない敬語というものは、どうにも頭を使うものだった。いつもよりゆっくりとした言い方になっているような気がする。

「どうしたの？」

「実は、学校の宿題で、仕事について調べないといけなくて。看護師さんの仕事について調べたいと思って、お尋ねしました」

もちろん、嘘である。

以前、学校の授業で、働いている人たちについて調べようというものがあった。グループに分かれて、それぞれ、近くのお店で働いている人にインタビューをするというものだ。その経験をもとに、今回の嘘を思いついたのだ。

「なるほどね。宿題かー、感心感心」

夏目さんの反応を見た感じ、どうやらうまいことごまかされてくれているようだった。

「急用ができたら、話を途中でやめるかもしれないけれど、それでもいい？」

「はい、大丈夫です」

「それじゃあ、話をと言いたいところだけど、ノートとか用意しなくて大丈夫？　メモしといたほうがいいんじゃない？」

「あっ……」

思わず、ぎくりと体を震わせてしまった。

「あらら、おっちょこちょいさん。紙とボールペンを持ってきてあげるから、ちょっと待っててね」

夏目さんは笑いながらそう言って、奥のほうへと消えていった。

ばれてはいないとはいえ、こういったところで詰めが甘いのは、気をつけなきゃと、一人反省した。

「はい、バインダーも持ってきてあげたよ。使い終わったら返してね」

「ありがとうございます！」

「それじゃあ、質問をどうぞ」

「まずは、看護師さんの仕事について、一日のスケジュールを教えてください」

「スケジュールかー、えっとね——」

夏目さんの話を、聞き漏らさないようにしっかり聞いて、メモを書き残した。肝心なのは午前中のことなので、そこさえしっかり聞いていればよかったのだが、変に怪しまれてはまずいので、聞いたことはすべてメモするつもりで書きとめることにした。

「——こんな感じなんだけど、聞き取れなかったところとか、聞きたいこととかない？　大丈夫？」

「はい、大丈夫です」

きちんと書きとめた甲斐あってか、紙にはぎっしりとメモが残されていた。

看護師の一日のスケジュールは、これで大まかに理解できた。

目をつけたのは、九時からの検温の時間だった。この時間、看護師は患者さんのところへ行くらしいので、彼女を外に連れ出すのなら、このタイミングを狙うのがよさそうだ。彼女の病室は二階なので、検温は早くに済むだろうし、夏目さんの話によると、検温が終わるのが十一時ぐらいとのことなので、行って戻ってくるだけの時間的な余裕もありそうだ。

調査の進展と、計画がうまくいきそうな兆しが見えて、ほっと胸をなでおろす。

「他に、何か聞きたいことはある？」

「えっと……」

本来の目的はすでに果たされたので、正直なところ、もう質問することはないのだが、宿題という名目で尋ねているのだから、もう少し何か聞いておいたほうがいいはずだ。

そう思ったので、質問内容を少し考える。数秒のときが流れたところで、僕は口を開いた。

「夏目さんが、この仕事を選んだ理由は何ですか？」

「理由、か……急に聞かれると、答えに困るわね」

夏目さんは口元を隠すように、右手を顔にやった。口を隠されたのではっきりしなかったが、僕の質問に、どこか照れているように感じた。

しばらくの間「んー」と悩んで、ゆっくりと右手を下におろしていった。

「私は、人を助けるのが大好きなの」

「人助け、ですか？」

「そう。誰かが困っていたら、つい、助けてあげたいと思っちゃうの」

「だから、看護師になったんですか？」

「そうね。人助けをお仕事にしたいと思って、この仕事を選んだの」

夏目さんの口調からは恥ずかしさを感じるものの、目つきからは真剣さを読み取ることができた。

　他の感情を少し残しつつも、真剣な思いを秘めた夏目さんの姿は、このときの僕には輝いて見えた。

　こんなふうに、自分の思いを、子どもに対してストレートに話そうとする大人を、初めて見たからかもしれない。

「……メモは、取らなくても大丈夫？」

「あっ、ああ。そうですね」

　少し惚けていたために、メモを取ることを忘れていた僕は、慌ててメモを取り出した。記憶を頼りに、夏目さんの発言を紙に残していく。

「これは、ちょっとしたアドバイスなんだけど」

　メモを取り切ったのを見て、夏目さんは言葉を続ける。

「正樹くん、覚えておいてね。君が将来、どんなお仕事をするのかは、私には分からない。けれど、自分がやってて楽しいと思えるもの、やりたいと思えるものを選びなさいね。お仕事をするうえで、これが一番、大事なことよ」

「……お仕事って、本当に楽しいの？」

「楽しいわよ。もちろん、つらいこともあるけれど、それでも、楽しい」

　これは、別にメモに取らなくていいからねと最後に言って、また手で口元を隠した。

このころの僕は、見知った相手がこんな態度を取れば、一も二もなくからかってい
ただろう。けれど、夏目さんの言葉に感銘を受けていた僕は、からかう気には一切な
れなかった。
「……質問に答えてくれて、本当にありがとうございました」
自分でもびっくりするぐらい、すんなりと、お礼の言葉が言えていた。
「どういたしまして。宿題、頑張ってね」
本当は宿題でも何でもないことに、少し心を痛めながらも、もう一度頭を下げて、
借りていたボールペンとバインダーを返した。

夏目さんの言葉は、大人になった今でもしっかり、心の中に息づいている。

土曜日。いつものように彼女の病室へと向かった。
「久しぶり、お盆休み、どうだった?」
彼女に会うのは一週間ぶりであるのだが、ここ最近、病院にずっといたものだから、
どうにも久しぶりの気分がしなかった。

「うーん、正直な話、少し退屈だったかも。いつもは誠也と遊んでいるから、一人で遊んでも、つまらなくてさ」

「一人だと、遊んでいてもすぐに飽きちゃうもんね。すごく分かるな」

〝すごく〟のところにアクセントをつけて言う彼女。ずっと病院暮らしともなると、一人遊びすらも、ほとんどできないだろうし、ベッドの上でもできるものは、やりつくしたに違いなかった。

「おばあちゃん家から帰ってきてからは、何していたの？」

「えーと、いろいろあってさ。何もしていないんだ」

病院の中を探索していたことは、今は内緒にしておくことにした。

「誠也くんとも、遊んでないの？」

このたびの彼女は、なんだか深いところまで聞いてくる。僕と誠也とで遊ぶ話を、最近は楽しみにしているみたいだから、なのだろう。

彼女にはそんなつもりがなくても、その追及は、僕よりも、誠也のことを気にしているみたいで、どうにも嫌だった。

「誠也のことは、もういいよ」

「えっ、どうしたの？　誠也くんと、何かあったの？」

「誠也とは、ケンカしているんだ。だから、今はその話をしないで」

それを聞いた途端、彼女の顔が見たこともない顔へと変わった。

「どうして、ケンカなんてしたの」

「どうしてって、ケンカぐらいはするよ」

「あんなに仲がいいのに、どうして、そんなことをするの」

そこでようやく気づいた。彼女は、怒っているのだと。彼女の見せているこの顔は、怒りの表情なのだと。

「それは……」

「私、友達が友達とケンカしているなんて、嫌だよ」

悲痛に、訴えかけるような声。彼女のこんな声は初めて聴いた。

「私ね、退院したらやりたいことがあるの。私と正樹くんと誠也くんの三人で、一緒に自転車に乗って、いろんな所へ行ってみたい。正樹くんの話を聞くたびに、いつもそんなふうに思ってる」

表情を少し落ち着いたものに戻して、彼女は話し始めた。僕は、黙ってそれを聞いていた。

「誠也くんはどう思っているかは分からないけれど、私は正樹くんと誠也くん、どっちとも仲良くなりたいし、二人とも、仲良くしていてほしいって思うの」

彼女の真剣な眼差しが、いつしか僕の目を捉えていた。

「だから、ケンカなんて、やめよ?」

「僕は……」

しょうもない理由だってことは、分かっている。本当に、ただの意地みたいなものだって、分かっていた。

絡まったコードを解いていくみたいに、それが優しく解きほぐされていった。

「別に、正樹くんや誠也くんが、どうしても許されないようなことを、お互いにしたわけじゃないんでしょ?」

「うん」

「だったら、ちゃんと、仲直りできるよね?」

「……うん」

大人が言うように話す彼女の言葉を、僕は素直に聞き入れた。

「今度、ちゃんと謝ってくるよ」

「今度っていつ?」

「それは……」

「じゃあ、水曜日。今度の水曜日に、またここに来てくれるのよね? そのときまでに謝って、私に報告すること。いい?」

「わっ、分かった」

「よろしい！」

しばらく彼女に頭が上がりそうになかった。

その後、しばらく雑談をして、僕がおばあちゃん家（ち）に行ったときの話になった。

「おばあちゃん家（ち）は自然がすごく豊かでさ。写真を撮ってきたんだけど、見る？」

「見たい見たい！」

やはり食いついてきた彼女に、撮ってきた写真を一枚一枚見せていく。もちろん、撮ったときのシチュエーションなんかの説明を一つ一つに入れていくことも忘れない。

特に彼女が気に入ってくれたのは、夕暮れどきの写真だ。まるで本当に、世界が赤色に染まっていくような、そんな風景を彼女は気に入ってくれたようだった。

「こんなに外が真っ赤になるんだね。なんだか、赤えんぴつでぬったみたい」

「僕もそう思うよ。こんな夕暮れの日に、ずっと外にいると、目がチカチカするんだよね」

「チカチカって、どんな感じ？」

「あー……」

こうした生理現象も、一度も経験したことがないと、どうにも説明しづらい。頑張って説明をしようとしたものの、うまくできずに首をかしげられた。

「実際に見てみないと分からないか。これは、退院してから……だね」

彼女の「たいいんしたらのーと」のいくつかは、僕が叶えてあげることができたと思う。とはいえ、病院の中でもできることは限られていて、病院の外に行かないといけないのは、僕らが代わりに行って、その経験を話したり、写真を見せたりすることだったりでしか、できないけれど。

そして、こうしてたまに、僕らにはどうしようもできないものが、出てきてしまう。知りたいと望む彼女は、今は入院しているからと、我慢をしてしまう。

今の僕にはどうしようもないと分かっているものの、どうしても悔しいと感じてしまった。

彼女はテレビ台の引き出しの二段目から、「たいいんしたらのーと」を取り出して、そこに新しく書き加えていく。

そういえば、中身をしっかり見たことは、これまで一度もなかった。

「美波ちゃん、そのノートの中を見てもいい？」

「いいよ」

許可をもらったので、僕はノートを開いてみる。最初には、これまた平仮名で〝がっこうにいってみたい〟と書いてあった。学校に行くのは、小さいころからのやりたいこと、だったのだろう。

さらにページをめくっていく。ページをめくるたびに、彼女の可愛らしい文字に、カタカナが交じり、漢字が交ざっていく。

〝かぞくみんなでおすしをたべにいきたい〟

〝おかあさんと、デパートへようふくをかいにいきたい〟

〝友だちと、いっしょにあそんでみたい〟

最後のは大きく丸がついていた。叶ったということなのだろう。

その他にもいくつか、丸がついているものがあった。数は多くないとはいえ、自然と顔が緩まずにはいられなかった。

だいぶページが進んでいくと、見覚えのある内容が飛び込んでくる。

〝塾に行ってみたい〟

〝テレビゲームをやってみたい〟

〝正樹くん、誠也くんと一緒に三人で自転車に乗って、どこかに出かけたい〟

そして――、

〝夏の暑さを、知ってみたい〟

僕の中で火花のようなものが散った気がした。動かねばと、そう感じた。

ノートを閉じて、中を見られて少し照れた顔の彼女と視線を合わせた。

「ねえ、美波ちゃん。話があるんだ」

「何？」

椅子から立ち上がり、しっかりを腰を曲げて、頭を下げた。

「まずは、先週はごめん。考えなしに病室を飛び出しちゃったせいで、美波ちゃんまで怒られることになって」

「いいよ、そんなの、気にしないで。私のほうこそ……あんなところで休憩しちゃったから、看護師さんに見つかっちゃったんだと思う。ごめんね」

「いや、僕が美波ちゃんのことを全く考えずに、引っ張っていったのが悪いんだ。ごめん」

しばらく頭を下げてから、ゆっくりと頭を起こす。

「けど、僕はまだ、美波ちゃんを外に連れ出すのを、諦めたわけじゃないよ」

「もう……いいよ」

顔をうつむかせ、注意しないと聞こえないような小さな声で、彼女は言った。

「どうして？　外に出たくないの？」

「……出てみたいよ。夏の暑さってどんなものか、知ってみたい。だけど、私のわがままで正樹くんが怒られてほしくない」

「だから、退院できるまで我慢するの？」

彼女は黙ったまま、何も言わない。

他でもない彼女自身が言ったのだ。退院がいつになるのかなんて分からないと。そんな分からない未来のことをずっと待ち続けるのは、彼女だって嫌なはずだった。

「僕は怒られ慣れているから平気。僕のことは気にしなくていいよ」

「でも……」

「……美波ちゃんは、何でもかんでも、我慢しすぎだって、僕は思う」

これはずっと、僕が思っていたことだった。今まで、彼女本人には言わなかっただけで、心の内ではずっと、彼女に投げかけたい一言だった。

「確かに美波ちゃんは、他の人よりも我慢しなきゃならないこと、いっぱいあると思う。けど、我慢しなくてもいいことまで、我慢しなくていいと思うんだよ。美波ちゃんは、もっと、わがままになっていいと思う」

「……わがままな人って、嫌われない？」

「少しのわがままぐらい、平気だよ。僕だって、わがままなところいっぱいあるから。だから、僕が美波ちゃんを嫌いになることなんて、絶対にないよ」

彼女の目線が揺らいだ。口を開いては閉じ、開いては閉じを繰り返す。しばらく、静かに時間が過ぎていった。

「私、正樹くんにお願いしてばっかりだよ？　嫌になったり、しないの？」

ゆっくりと、沈黙を破ったのは彼女だった。

「するもんか。友達なんだから」

強く、はっきりと、僕は言った。

そのまま、訴えるように言葉を続ける。

「だからさ、やりたいこと、叶えようよ」

彼女の視線は、まだ揺らいだままだった。何かをこらえるように、唇をきゅっと結んだままで、彼女の両手は、ベッドのシーツをぎゅっと握りしめていた。

「……ずるいよ、友達なんだから、なんて。そんなこと言われたら、お願いするしか、ないじゃない」

先ほどまで強く結ばれていた口は、諦めを浮かべていた。けれど、心の底では、喜んでいるようだった。

「でも、どうやって外に出るの？　誰にもばれずに行って戻ってくるなんて、よっぽどの運がなくちゃ……」

「考えがあるんだ」

きょとんとした彼女の目を見つめたまま、言葉を続けた。

「美波ちゃんは、朝の検温の時間はいつごろにある？」

「えっと……いつも、九時半ぐらい」

「なら、十時ごろなら、もう看護師さんいないよね？」

「うん、検温とかの、健康チェックは二十分ぐらいで終わるから。けど、それがどうかしたの？」

「朝の十時。病院にこっそり忍び込んで、美波ちゃんのところに来るよ。検温の時間なら、病院にいるのは看護師さんぐらいだし、その看護師さんも検温で忙しいから、外に出られるだけの時間はあるはず」

「確かに、それならできるかも」

「でしょ？」

彼女と話しているうちに、計画が現実味を帯びてきたような気がしていた。僕が本当に、彼女に夏というものを味わわせてやれるのだと、おぼろげだった決意が、確かなものに変わっていく。

「それじゃ、いつにしようか？　次の水曜日とかにする？」

「ううん、少し時間が欲しいな……来週の土曜日でも、平気？」

「うん、大丈夫」

来週の土曜日が待ち遠しくて仕方がなかった。こんなにも、土曜日が待ち遠しく感じるのは、夏休み前に、ここに通っていた時期以来かもしれない。

「今日は、少し早いけど、ここで帰るね。話せそうなこともないし」

「うん、それじゃあ。また水曜日。約束、忘れないでよ?」

「……うん、分かってるよ」

土曜日の前に、誠也との仲直りから。

少し、気まずさはあるけれど。意地なんてものは、もうなくなっていた。


次の日。日曜日の朝。

僕は早くに家を飛び出して、誠也の家の前まで来ていた。

大きく息を吸い込んで、吐き出した。緊張が解けた気がしないので、もう一度。

ケンカをしたことなら、これまで何度もあった。そのときはいつも、先生に謝るように言われてから、仲直りの場を設けてもらい、そこで謝って、それで二人の仲は戻っていたのだ。

自分から相手のところへ行って謝ろうとするのは、これが初めてだった。

「……よしっ」

家のインターホンを押す。言わなきゃいけない言葉を、もう一度、頭の中で思い浮かべておく。

家のドアが開く。相手が誰なのか、分かっていたのだろう。

「よう」

少しぶっきらぼうに、誠也が声を出した。

「誠也、おはよう。急に来てごめんな」

「いいよ、別に」

空気がどこか重たく感じる。まだ、木曜日の出来事を引きずっているようだ。

「誠也、あのときはごめんな。少し、言いすぎた」

「……俺のほうこそ、ごめん。うまくいかなくて、少しイライラしてた」

頭を下げてからすぐ、誠也はそう言った。ゆっくりと顔を上げると、目線が合い、誠也は照れたように笑ってみせた。

「ほんとさ、ちゃんと謝ろうと思ってたんだ。でも、自分から言い出せなくて。お前に先を越されちゃったな」

「……実はさ、美波ちゃんに言われたんだ。『友達が友達とケンカしているなんて嫌だ、ちゃんと謝れ』って」

「美波ちゃんが？」

「あっ、謝りたいって気持ちは本当だよ！」

勘違いされないように、一言つけ加えておく。「分かってるって」と誠也は返してくれた。

「美波ちゃんがそんなことを言うなんて、意外だな。そんなことを言う子には思えなかった」

「僕もびっくりだった。美波ちゃんが怒ってるところ、初めて見たよ」

できることなら、もう二度と見たくないなと思った。

「病院脱出のこととか、いろいろと聞きたいことあるけど」

そこで言葉を切って、開けていたドアを少し閉める。

「少し、場所を変えようぜ。ここでずっと立ち話ってのもあれだろ?」

少し待っててなと言われて、家の前に停めた自転車の近くで待っていると、自転車と一緒に誠也がやってきた。そのまま、自転車を漕いで近くの公園まで移動する。鉄棒の近くに自転車を停めて、サドルの上に座り込んだ。

「それでさ、途中から俺は手伝っていないけど、病院脱出はどうなった?」

「どうにか、うまくいきそうだよ。いいやり方を思いついたんだ」

計画の時間を昼ではなく、朝に変更することを、誠也に話した。誠也もそれならうまくいきそうだと、賛同してくれた。

「土曜か……本当に悪いんだけど、その日は予定が入ってて、協力できそうにない」

「いいよ。気にしないで」

「ほんとに、ごめんな」

今度は首を振り、笑顔を見せて、気にしなくていいことを伝えた。

「俺は協力できないけど、脱出がどうなったのか、ちゃんと話、聞かせてくれよな」

「おうさ」

かけ声とともに、自転車を降りて、鉄棒で前回りをした。

「せっかく立てた計画も少し狂ってしまったけど、まだ平気だよな。また明日から遊び倒そうぜ」

誠也も自転車から降りて、僕の隣の鉄棒で前回りを決め、その後に逆上がりをしてみせた。僕も真似しようとしたけど、やめた。

悔しいことに、僕は、逆上がりができなかった。


水曜日に、病室に入ると、美波ちゃんだけでなくもう一人、別の人がいた。

「おっ、来た来た」

誰かと思えば、夏目さんだった。けれど、どうして夏目さんがいるのかは分からなかった。

「こんにちは、正樹くん……ちゃんと、仲直りした？」

「もちろん。ちゃんと仲直りできたよ」

「そう、よかった」

「あら、誰かとケンカしてたの？」

そう尋ねてきたのは、夏目さんだ。

「その、友達とケンカしちゃって、美波ちゃんに仲直りしろって、怒られちゃって」

「別に、怒ってはないよ！」

「いや、あれは怒ってたって。あのときの美波ちゃん、少し怖かったし」

「ウソ⁉　そんな怖い顔してたの？」

「うん」

「違うからね！　別に、そんな、怖がらせようとか、怒ってるよーとかそんなつもりで言ったわけじゃ」

「……ほんと、仲がいいね、二人とも」

そんな僕らのやり取りを見て、うれしそうに夏目さんは微笑んだ。

「はい。だって、私と正樹くんは友達だから」

「そっか。よかったね、美波ちゃん」

「うん！」

今度は美波ちゃんが笑った。声からも、うれしさが伝わってきた。

「それじゃあ、これからは正樹くんに任せようかな。正樹くん、あとはお願いね。何かあったら、ナースステーション、この前、私に質問しに来てくれた場所まで来てちょうだい」

「えっ、はい。分かりました」

わけも分からず、返事だけすると、バイバイと手を振って、夏目さんは病室を出ていった。

「正樹くん、少し話があるの」

どこか、緊張しているような声だった。普段とは違う彼女の様子に、僕は居住まいを正していた。

「実は、私。正樹くんに内緒にしていたことがあるの」

「……どんなこと?」

「少し、目を閉じてもらってもいい?」

言われたとおり、しばらく目をつぶった。「いいよ」と声をかけられて、ゆっくりと目を開ける。

異変はすぐに気づいた。

彼女の瞳が、黒色ではなく、まるで宝石のような青色をしていた。

「本当は、私の目はこんな色をしているの。なんでも、生まれつきの病気のせいなんだって」

彼女の説明によると、彼女の病気は、体が弱く、病気にかかりやすいだけでなく、こうして、体の色素が少なくなるという症状もあるらしい。彼女の瞳の色は、それが原因なのだそうだ。

「他にもね、肌だけでなく、髪の毛だとかも真っ白だし、まつげも真っ白なんだ。お母さんとか、看護師さんにお願いして、染めてもらってるの」

「そう、だったんだ」

これまで、僕と同じ髪や目の色をしていたので、本当の彼女の姿というものが、想像つかなかった。

「本当はこんな目の色だし、髪の毛も真っ白だけど、こんな私でも、友達でいてくれませんか？」

そう言う彼女の声は、少し震えていた。彼女にとっては、勇気のいる告白だったのだろう。

けれども、僕の答えは決まっていた。

「もちろんだよ。目の色だとか、髪の色だとか、肌の色が違ったって、美波ちゃんが、僕の友達なのは変わらないよ」

「……よかった」

安心したように、彼女は胸元に手を当てて、大きく息を吐いた。

「嫌われはしないはずと思ってても、やっぱり、怖かった。でもね、私のためにいろんなことをしてくれる正樹くんには、本当の私を見せようって思ったの。すぐに見せられるのは、目だけなんだけどね」

「それじゃ今度は、真っ白な髪の美波ちゃんの顔も見せてよ。きっと、きれいだと思うんだ」

「……いつかきっと、見せるから。約束ね」

そう言って、彼女は自分の指を目に差し入れた。慌てて止めようとしたけれど、指はすぐに離れて、そこにはいつもどおりの目の色があった。

少し怖いけれども、そうやって、目に何かをつけるということに、興味がわいた。

「僕も少しつけてみたいかも」

「私のはダメよ、人と貸し借りしたら、目の病気にかかるかもしれないんだから。親に頼んで、自分のを買ってみたら？　いろんな色があるんだって」

彼女からカラーコンタクトについていろいろと教えてもらう。知らない世界を知った気持ちになって、なんだか気分が高揚した。

「美波ちゃんは、黒以外は持ってないの？」

「いろいろと迷ったけれど、やっぱり私は、みんなと同じ黒色がいいなって思って」

「だから、髪の色も黒にしているの？」

「うん、でも、いつかは違う色にもしてみたいなって」

そしてしばらく、お互いにどんな髪の色が似合うのかを語り合った。

「そうだった、もう一つお願いがあるんだった！」

僕が金髪、彼女が銀髪にするのはどうかというところで、話がまとまった後、彼女は慌てて思い出したかのように声を上げた。

「もう一つのお願いも、聞いてもらっていい？」

「今度は何？」

少しいたずらっぽい目で、僕の顔をのぞき込んでいた。

「私と一緒に、散歩、してください」


何でも、僕が病院脱出を提案した日から、お医者さんにお願いして、こうして病院の中を歩くようにしたのだという。

「一週間しかないけど、少しでも体力つけておきたかったんだ」

と言う彼女は、一階の待合広場のソファーに座り込んでいた。

何をしたかというと、二階の階段を下りて、一階のフロアをぐるりと歩き回っただけである。ちょうど一周したぐらいで、彼女が休憩したいと言ってきたので、ソファーで一休みしていた。

僕は彼女と一緒に隣で歩いていただけだったのだが、彼女の歩幅は小さく、また足を出す速度が遅いので、ただ歩いているだけでも、あっという間に二人の間に距離ができてしまっていた。なので、彼女に合わせるためには、本当にゆっくりと歩かなくてはならなかった。

彼女は、まさしく亀のようなゆっくりとした足取りで、ただ楽しそうに、病院の中を歩いていた。

「やっぱり、疲れた？」

ソファーで少しぐったりしている彼女に、僕はそう尋ねた。

「うん、体が弱いのと、ずっとベッドに横になってたせいか、少し歩くだけでも疲れちゃうみたい。これじゃ、正樹くんや誠也くんと外で遊ぶなんて、夢のまた夢だなー」

けどさ、と彼女は続ける。

「少しずつ、歩ける距離増えてきてるんだ。実は、一階を一周できたの、今日が初めてなの。正樹くんが傍にいてくれたおかげ。ありがとね」

そう言う彼女は、どこか達成感に満ちた顔だった。

「そんな、僕は何もしてないよ」

実際、僕は彼女の傍にいただけで、本当に何もしていない。手を引くこともなければ、応援のようなこともしていない。

ただ、散歩しただけなのだ。僕にとっても、彼女にとっても。

「こういうことでも、毎日ちょっとずつ続けていけば、退院したときにはちゃんと体力ついているよね、きっと」

「ありがとう。今度は、階段の上り下りをしようと思うの。まずは、一番上まで上れるようにならないと」

「僕も、手伝うよ。美波ちゃんと一緒に遊びたいのは、僕も一緒だから」

「明日からも僕が、一緒についていてあげようか？」

「ううん、いいよ。明日からはまた練習のつもりだし。いつものようにやってきてよ。私、正樹くんと誠也くんが過ごした夏休みの話も、楽しみにしているんだから」

「……そっか。それじゃあ、病室に戻ったら、昨日の話をするよ。もう歩ける？」

「うん、大丈夫」

ゆっくりと立ち上がり、またゆっくりと彼女は歩き始める。

帰りはエレベーターを使おうと提案したのだが、彼女は体力をつけるためだと言い張って、頑張って階段を上って、病室まで戻ってきた。

病室に戻った後は、昨日の出来事について話をした。

昨日は、誠也と一緒にプールへと出かけた。以前に立てたスケジュールでは、お盆明けに行く予定のやつである。

僕らの住む校区内に、そこそこ大きめのプール施設があった。普段は屋内プールだけだが、夏場だけ、屋外の流れるプールやスライダーを利用できるのだ。この日のために、僕らは親に頼み込んで、お小遣いを調達していた。誠也のほうなんかは、夏休みの宿題をお盆休みに終わらせるという約束までしていた。

流れるプールやスライダーの感想なんかを、写真も一緒に彼女に話す。すると「海もいいけど、プールもよさそう……どっちから先に行こうかな」なんて感想を彼女からもらった。

そうしているうちに、あっという間に時間がやってくる。

「もう時間だから、今日は帰るね」

「うん、次は土曜日だね」

「朝早くにやってくるから、準備はしっかりね」

「もちろん」

はっきりとした返事に、僕は頷いて、椅子から立ち上がった。

「正樹くん」

病室を出ようとしたときに、ふと、彼女から呼び止められた。

「私、正樹くんにいろんなことしてもらってばっかりだけど、いつか、必ず、ちゃんとお礼するから」

「えっ、そんなの、いいよ」

「よくない。私はね、友達のために、ちゃんとお礼がしたいの。いいでしょ？」

彼女は少し膨れた顔を見せた後、すぐに優しく微笑んでみせた。

「……うん、楽しみにしてる」

自分も使った言葉とはいえ、やっぱりずるいなと思った。


「よう」

病院を出て、駐輪場へと向かうと、僕の自転車の近くで誠也が待っていた。いたずらに成功したような笑みを浮かべている。

「誠也？　何でここに？」

「ちょっと、気になることがあってさ。予定では、土曜の朝、病院に入るつもりなんだろ？」

「そのつもりだけど」

「それだよ。朝にどうやって忍び込むつもりなんだ？　面会時間じゃないんだから、普通には入れないだろ？」

「あっ……」

それは全く想定していなかった。彼女にあれだけ大見得を切ったのに、どうしようと慌てふためいていると、誠也が僕を呼ぶしぐさをした。

「ちょっと、ついてこい」

誠也に連れられて、しばらく自転車を押しながら歩き、病院横のところにやってきた。

「この辺りの塀を飛び越えると、裏口近くのところに着くから、そこから入るといいぜ」

誠也が示す塀は、僕らの身長よりも少し低いぐらいの高さだった。

「これ、大丈夫なのか？」

「大丈夫。さっき、自転車を足場にして飛び越えてみたけど、着地先の壁には、窓はなかったから、ばれないと思うぞ」

やって見せるのが早いと思ったのか、誠也は自転車のスタンドを立て、動かないようにしてから、サドルを足場にして塀を飛び越えた。

「ほら、俺の自転車使っていいから、お前もこっち来いよ」

塀の向こうから、誠也の声が聞こえてくる。

「あ、ああ」

誠也がやっていたように、僕も塀を飛び越えて、雑草だらけの場所に着地した。確かに着地には何の問題はないし、辺りに人気(ひとけ)はなかった。

「あっちに行けば、裏口がある。一応、角があるから、人がいないかの確認もできると思う。どうよ?」

「……確かに、これなら大丈夫だと思う」

「そうだろ?」

そう言いながら、誠也は腕を組み、自慢げに胸を張っていた。そのしぐさが少しむかついたので、倒すつもりで、肩あたりを軽く突いてやった。

「何するんだよ!」

今度は、誠也のほうから押してくるが、僕は足を踏ん張って、それに対抗する。果てには押し合い相撲に変わっていった。

三回目の押し合い中に、他の人に見つかり、慌ててその場を離れた。

帰り道は、二人とも終始笑顔だった。

日付はあっという間に変わっていって、土曜日になった。

ちゃんと早く起きるようにと、目覚ましをセットしていたのだが、それが鳴る前に、起きてしまった。どこかもったいなさを覚えるものの、寝坊するよりはましと開き直る。

昨日はほとんど寝つけなかった。土曜日が楽しみなのと、少しの緊張で、目を閉じていても、頭の中は勝手に、病院からの脱出のことばかり考えて、まぶたが重くなってくれなかったのだ。

結局、ほとんど眠れていないはずなのに、目はしっかり冴えていた。眠気なんてものは一切ない。

母親の作った朝食を手早く口にして、カメラと、自転車の鍵だけ持って、家を飛び出した。

いつもと変わらない道を進んでいるはずなのに、なんだか病院が遠く感じる。早く病院へ。考えていたのはそれだけだった。

三十分どころか、一時間はかけて病院にたどり着いたような気がして、カメラを起動させてみる。カメラに表示されているのは、家を出てから二十五分ほどたった時刻だった。むしろ、早く着いていたらしい。

このままもぐりこんでも、検温をしている看護師と出くわす羽目になる。しばらくその場で待つことにした。

自転車を停めて、サドルに座り空を見上げてみた。雲一つない、日本晴れという言葉にふさわしい青空。彼女が夏を感じるのにふさわしい天気だろう。

今日という日が曇りだとか、雨なんかじゃなくて本当に良かったと思った。せっかく夏を感じてもらうのだから、暑さを阻害するようなものは必要ない。その点、今日は全く問題なしの天気だった。

何度目かの風を体で受けたぐらいに、時間を見ると、そろそろ十時になりそうな頃合いだった。

サドルを足場にして塀を飛び越え、難なく着地をし、角から様子を窺って、裏口付近に人がいないのを確認してから、病院の中にもぐりこんだ。

看護師が自分の歩く先にいないことを確認してから、彼女の病室へ向かう。まるで、囚われの姫を助けに来た、ヒーローか何かの気分だった。そうなると、悪役が看護師になってしまうのが申しわけないけど。

調査の甲斐あってか、人と鉢合わせすることもなく、彼女の病室までたどり着く。扉を開けると、そこにはすでにスリッパをはいて、準備万端の彼女がいた。

「おはよう」

「うん、おはよう。こっちは準備万端だよ。なんだか待ちきれなくて、昨日からずっとそわそわしちゃってた」

「僕もだよ」

自然と二人して、笑いがこみあげてきた。大きな笑い声を出すとばれるかもしれないので、小さく笑う。

「それじゃあ、行こう」

「待って」

病室を出ようとする前に、彼女が声をかけてきた。

「手、握ったままで行こう」

そういえば、以前外へ出ようとしたときは、彼女の手を握って移動したのを思い出した。

あのときは意識していなかったけれど、女の子の体に触れていたのだということに気づいて、顔が熱くなるのを感じる。

「えっ、その、いいけど……何で？」

「その……手をつないだまま走るのって、なんだか、友達同士のやることっぽくて、いいなーって……ダメかな？」

「ううん、全然いいよ！」

顔の熱さを振り切って、彼女の手を握った。彼女もしっかり握り返してくれた。

外の様子をしっかり観察して、誰もいないのを確認してから、そのまま病室を飛び出した。この前は彼女の体調を気遣わずに走っていたから、彼女が息切れしたのだという反省のもと、彼女を無視して走らないように気をつける。

とは言っても、彼女は余裕そうだった。一週間とはいえ、体力づくりの成果は出ていたのだろう。

念のため、階段の下を確認し、人がいないのを確認してから下りていく。彼女のために、少しゆっくり下りるのを意識した。

階段を下り切った後、彼女のほうを振り向く。息切れをしていないかの確認のためだ。平気そうでひとまず安心した。

「一番上まではまだ行けてないけど、三階までは平気になったもの。これぐらい、大丈夫」

僕だけに聞こえるように小さく、自慢げに語ってくれた。

「このまま、一気に裏口まで走るけど、大丈夫？」

彼女は無言で頷いた。

それを見た僕は、そのまま、廊下の奥の裏口まで駆けだした。彼女もしっかりついてきてくれた。

そうしてどうにか裏口までたどり着いた。これ以上ないほどに順調だった。

階段を下りるのは平気だったものの、走るのは少し堪えたようで、彼女の呼吸は少し速くなっていた。

「準備はいい？」

彼女はどこか緊張しているようだった。言ってしまうと、僕のほうもだった。お互いに手を強く握り直す。

二人で大きく深呼吸をした。彼女の息も整ったようだ。

「それじゃ、いくよ」

「……うん」

「いち、にの、さん」

タイミングを合わせて、一歩を踏み出した。

自動ドアがゆっくりと開いていく。その先へと僕らは歩いた。

エアコンが効いた病院の快適な空間から、真夏の不快な外の世界へと身を投じた。

「わあ……」

彼女はゆっくりと日なたへ向かって歩きだした。

「肌に触れる空気が暑いや……ただ暑いだけじゃなくて、なんかお風呂の湯気みたいにジメジメしてる。『うだるような暑さ』って、きっとこのことなんだ」

そして、目を閉じながら、眩しく照りつける太陽を見上げた。

「明るくて眩しいだけじゃない。顔に当たる光が暑くて、ほんとに火傷しちゃいそう……これが『じりじりと照りつける暑さ』なんだ」

おでこに手を当て、拭うようなしぐさをした彼女は、拭った手をまじまじと見つめた。

「すごい、もう汗が出てる！　おでこだけじゃない。首も、服の中にまで汗が出てきて……うわっ、私の服が汗で張りついてる！」

「えーと、大丈夫？」

僕は少し心配になって、声をかけた。しかし、そんな心配は無用だった。

彼女が僕のほうを振り向いて、見せてくれた顔は、これ以上ないほどの笑顔だった。

「夏って、すっごく暑い！」

そのときに見た笑顔を、僕は絶対に忘れないだろう。

日に照らされて輝いている彼女の笑顔は、どこか儚げに微笑んでいたあの顔でもなく、僕が話をしているときの楽しい笑顔とも、少し違う。

それは、子どもが見せる年相応のかわいい笑顔だった。僕らと同じ子どもが浮かべて当然の、素敵な笑顔。

そんな顔を見せてくれたことが何よりもうれしくて、誇らしかった。

「ねえ、美波ちゃん」

「何？」

「写真、撮ってもいい？」

この笑顔は、絶対に残しておかねばならない。反射的にそう思っての行動だった。

「うん、きれいに撮ってね」

青空の下、至高の笑顔を見せてくれた彼女の顔を、しっかりカメラに収めた。

「どう？」

「うん、今までで一番の写真が撮れたと思う」

「もう……そんな、大げさだよ」

そう言いながらも、彼女はうれしそうに笑ってくれた。

僕も笑顔を返して彼女の隣に立ち、目を閉じて顔を上げた。太陽の日差しが顔を焼いていくこの感覚を、僕は好きになれそうだった。

「ねえ、正樹くん」

空を見上げながら、彼女は話し始めた。顔を下ろして、彼女の横顔を眺める。

「私、夏のことを全然知らなかったんだね。ただ、暑いってだけじゃない。外の世界には、夏を感じられるものがたくさんある。他の皆は、こんな世界の中で、いろんな所に行ったり、いろんなものを見て楽しんでいたんだ。本や、テレビや、お話や、写真だけじゃ、こんなの分かるはずないよ。私も、夏というものをうまく言葉にできないんだもん」

「……うん」

僕も同じ気持ちだった。

これまではただ、暑いだけの夏だったのに、彼女とこうして感じている夏は、全然違う。煩わしいだけの太陽でさえも愛おしく感じる。この感動を、言葉にするのは本当に難しいと思った。

大人になった今でも、うまく言葉にできないだろう。

「それでね、私、思ったの」

彼女は、僕のほうへと視線を向けた。決意の表れた、力強い目だった。

「私、ちゃんと外の世界のことを知りたい。私はこれまで、写真や正樹くんの話を聞いて満足してた。けれど、それだけじゃ足りなくなっちゃったみたい。夏だけじゃなくて、秋も、冬も、春のことも、実際に自分の目で見て、耳で聞いて、体で感じてみたい」

だから、とまで口にして、大きく息を吸って、吐き出すように言った。

「そのときは、こうして傍にいて。外の世界のこと、正樹くんに案内してほしい」

「うん……うん！」

感情の高ぶりを、言葉だけでは表しきれなくて、彼女の手を強く握った。握っただけでは飽き足らず、上下に振って発散させようとしても、まだ足りなかった。僕の伝えたかったことは、正確に言葉にできたわけでも、形あるものとして見せられたわけでもない。

けれど、間違いなく、伝わってくれたに違いなかった。

「だからね、正樹くん。私、ちゃんとお礼を――」

言葉が尻すぼみになっていき、最後の言葉は聞き取れなかった。

「ごめん、なんて言ったの？」

彼女は激しく呼吸をしていて、返事をしない。

不審に思い、彼女の前まで行って、肩へ手を伸ばすと、彼女は僕のほうへ倒れこんできた。目は閉じられていて、体を揺さぶっても、反応がなかった。

「美波ちゃん、どうしたの美波ちゃん！　しっかりしてよ！」

何をどうすればいいのか、子どもの僕には分からなかった。教えてくれるような人がいるはずもなく、真っ白になった頭にセミの鳴き声だけがこだましていた。

その後、病室からいなくなっていた彼女を探しに、お医者さんがやってきて、彼女はすぐに治療室へと運ばれていった。僕はどうすることもできず、お医者さんに「今日は帰りなさい」と言われて帰るほかなかった。

次の日に彼女に会いに行くも、彼女とは面会拒絶になっていて会えず、結局会えたのは水曜日のことだった。

ベッドに座っている彼女は、優しく微笑んでいた。

「日曜日からずっと来てくれていたのに……ごめんね、会えなくて」

そう言って、彼女は優しく微笑んでくれた。

「こんな格好だけど、気にしないで」

彼女の言う格好とは、服から出ている腕や首に包帯が巻かれていることだろう。包帯の下がどうなっているかは、前まで白かった彼女の顔が真っ赤なことを見れば、子どもの僕でも察しがついた。

「ごめん。僕がああやって外に連れ出そうとしなければ、こんなことにならなかったのに……」

痛々しい彼女の姿を見たくなくて、彼女の顔を見られなかった。

「ううん、むしろ、私はお礼を言いたいぐらいだから」

えっ、と声が小さく漏れ出た。

「正樹くんが、ああして外に連れ出してくれたおかげで、私はいろんなことが分かったの。夏の暑さ、セミの鳴き声、青い空と太陽の眩しさ。ここに座っているだけじゃ窓越しにしか分からない外の世界のこと、正樹くんが教えてくれたの。何度お礼を言ったらいいか分からないぐらい感謝しているの」

彼女の手は、うつむいたままの僕の頬に触れる。

「だから……泣かないで」

彼女の言葉を聞いているうちに、いつの間にか肩が震え、声が漏れ出て、涙が止まらなくなっていた。

——どうしてお礼なんか！　美波ちゃんを傷つけたのは僕だ。美波ちゃんがこうなってしまったのは全部僕のせいだ！　だから僕は怒られても、嫌われてもいいって思ってた。なのに、どうして、どうして！

恥も外聞もなかった。少年にありがちな、泣き虫は弱虫みたいな安いプライドもなかった。ただ、ごめんなさいと謝るばかりだった。

「私なら、平気。平気だから」

「ごめん、なさい。ごめんなさい」

僕に差し出されている彼女の手を握りしめ、ひたすらに泣いた。泣きじゃくる僕をあやすように、彼女のもう片方の手は、僕の頭を撫でる。

どれだけそうしていただろうか。

少し落ち着いたころに、彼女は両手を頬に当て、僕の顔をゆっくりと持ち上げる。

「初めて会ったときのこと、覚えてる？」

「……まだ数か月前のことだから、覚えてるよ」

「そうよね、まだ数か月しかたっていないんだよね」

なんだか不思議と、彼女がこぼしたのを聞き取った。

「私もね、はっきりと覚えてる。突然、扉が開いて、知らない人の顔が現れたの。私、驚いた。そして、驚いている間に扉が閉まろうとしてたから、何も考えずについ、声をかけちゃったの」

「僕も驚いたし、慌てたよ。人に見つかっちゃったって、何されるんだって不安だった」

「私、そんなひどいことをする人に見える？」

慌てて僕が首を振ると、彼女は冗談と笑ってみせた。

「初めは、ただお話ししたいって、せっかくなら学校の話を聞かせてもらおうって、それだけだったのに、いつしかそれ以外の話もしてもらって、友達にもなってもらって、外に連れ出してもらった……本当に不思議だなって思うの。こんな未来、想像もしてなかった……ねえ、正樹くん」

まだ少し頬を流れている涙を、彼女の親指がぬぐった。僕はされるがままだった。

「私ね、すごく幸せなんだよ。全部、正樹くんのおかげだよ」

あっと声を出す間もなく、僕は彼女に抱きしめられていた。胸元に抱き寄せられた耳からは、彼女の心音が聞こえてくる。トクン、トクンと波打つそれを、僕は静かに聞いていた。

「落ち着いた？」

「うん、ありがとう」

最後にぎゅっと強く抱きしめた後で、彼女は僕から腕を離した。

「あのね、先生に言われたんだけど、まだしばらくは、病院の外には出られないみたい」

今回のようなことがあったのだ。お医者さんからはそう言われても当然だった。

「だから、しばらくは正樹くんのお話で我慢しようと思う」

彼女の慈愛に満ちた顔には、怒りも、悲しさも、悔しさも、全く見られなかった。

「また、お話しに来てほしいな。これからも、正樹くんの話を聞いていたい。学校のことも、外の世界のことも。今はまだ話や写真だけで我慢するけど、いつか絶対、病院の外で一緒に遊ぼうね」

「うん、絶対！」

「約束だよ」

僕が小指を差し出すと、彼女の小指が絡んでくる。

彼女も、指切りのことは知っているみたいだった。

「指切りげんまん、嘘ついたらはりせんぼん飲ーます」

「「指切った！」」

先ほどまで絡ませていた小指を、もう一方の手で大事そうに包みこむようにしながら、彼女は静かに微笑んでいた。それを見て、ようやく僕も笑うことができた。

彼女が外に出られるようになるのは、いつのことかなんて、当然分かりはしていなかった。

一か月後だとか、一年後だとか、そんな次元の話でないことは分かっていたし、ともすれば大人になってしまうまで年を取ったとしても、約束が果たされるかどうかも怪しいことは分かっていた。

それでも、待つつもりだった。

何年、何十年たったとしても。

僕は、彼女のために、いつしか、彼女が病院の外に出られるまで、外の世界のことを話していくつもりだったし、伝えていくつもりだった。

それが、僕が彼女にできる、唯一にして、最大のことだと、そう思っていたからだ。これは、そんな約束、子どもの指切りなんかで済まされない、僕にとっては、一生の約束にも等しい、そんな誓いだったのだ。

けれど、その約束は果たされることはなかった。


夏休み最後の土曜日、いつものように病院へとやってきた。

今日が終わると、しばらくは遠出なんてものはできない。なので、残りの時間、誠也とこれほどかというほど遊び倒した。今日は、その話をしようと考えていた。

きっと喜んでくれるに違いない。彼女の、楽しげに笑う姿が目に浮かぶようだった。

病室の前までたどり着くと、この前、彼女の前で泣いてしまったことを思い出し、途端に恥ずかしさと、気まずさを覚える。

いや、彼女は僕のことを許してくれたのだ。気にしていないに違いないと言い聞かせ、大きく深呼吸して、扉を開いた。

いつもの白い病室。白いベッド。

彼女はそこにいなかった。

「えっ……」

彼女がいたはずのベッドはきちんと整えられていて、まるでそこには誰もいなかったかのように、何も痕跡はなく、僕は自分の目が信じられなかった。

「あれ、君は……」

後ろから声がして振り向くと、そこには夏目さんと、僕が今まで会ったことがない男のお医者さんがいた。

「美波ちゃんの友達だね？」

お医者さんがそう尋ねるので、僕は頷いた。「そうか」とだけ言ってお医者さんは黙った。代わりに夏目さんが口を開いた。

「……落ち着いて聞いてね。美波ちゃんは……もう、この世にはいないの」

「えっ、この世にいないって……」

「そう、美波ちゃんは……昨夜、亡くなったの」

嘘だ。嘘に違いなかった。なぜなら、最後に会ったあの日、彼女は笑って、僕に話しかけてくれていた。包帯だらけではあったけれど、元気そうだった。抱き寄せられたときに聞こえた心臓の鼓動も、はっきりとしていたから。

けれど、僕の後ろにある空のベッドが、夏目さんの言葉は真実で、これが現実だと突きつけていた。

「美波ちゃんは、生まれつき体が弱くてね。寿命も他の人に比べてかなり短かったんだ。ずっとこの病院で治療を繰り返していたんだが……残念だ」

お医者さんは、子どもの僕にでも分かるように教えてくれた。彼女の体のことを、もう長くはなかったのだということを。

けれど、僕には分かっていた。お医者さんはごまかしているのだと。

彼女を病院の外へ連れ出したあの行為そのものが、彼女の寿命を縮めてしまったということを。

僕が、彼女を殺したも同然だということを、子どもの頭でも理解できてしまっていた。

頭が真っ白になる。

足元が不安定になったような気がして、しっかり立てているのかも分からなくなる。

急な運動をしたわけでもないのに、息が荒くなる。

今、僕がいるのは現実なのか、分からなくなる。

「今日は来てくれてありがとう……最後に美波ちゃんに会ってこない？　ちゃんと、挨拶してあげて――」

「嫌だ！　そんなの見たくない！」

夏目さんの制止の声も聞かず、僕は廊下を駆けだした。

自転車に乗る気になれず、僕は自転車を押しながら、ゆっくりと歩いていた。視線はずっと、足元に向けていた。

頭の中ではずっと、彼女の笑顔ばかり浮かんでいた。

初めて出会ったときの儚げな笑顔。

友達同士になれたときに見せた、儚げなところを残したうれしそうな笑顔。

夏休みの出来事を聞いているときの、楽しそうな笑顔。

そして、真夏の太陽の下で見せてくれた、忘れようにも忘れられない、あの屈託のない笑顔。

彼女の顔を、声を、しぐさを、ずっと脳内で繰り返したとき、目の前にある光景が飛び込んできた。

それは、セミの死体にアリが集っている光景。

すぐさま、僕の頭には真っ赤な顔で僕に微笑んでくれた、最後に彼女と会った日のことが浮かび上がった。

彼女はゆっくりと口を閉じて、まぶたを下ろし、そして……。

「うわあああ！」

たまらず叫んで、意識を呼び戻す。すると、今まで全くと言っていいほど耳に入ってこなかったツクツクボウシの鳴き声が聞こえてきて、目の前の光景は鮮明に映った。

これまで何度も見てきたはずのその光景は、そのときの僕にはどうにも耐えきれなくて、自転車に乗り、全力で漕ぎだした。汗で服が張りつく嫌な感触も、全力で漕ぎ始めたのに驚いて、酸素を求めて痛む胸も、全く気に留めなかった。

家に到着すると同時に、自分の部屋へと駆けこんだ。そこで初めて、自分がすごい汗をかいていることと、息が上がっていることに気づいた。

少し落ち着いて、ベッドにへたり込むと、お尻のあたりに固い感触を感じた。

手に取ったそれは、一冊の冊子。祖母の家で作っていた、彼女のために作っていたアルバムだ。

僕はそれを感情のまま地面に叩きつけた。糊づけが甘かったのか、腕を振り上げたときに写真が一枚、僕の膝元に落ちていた。

それは、病院の外に出たときに撮った、彼女の笑顔。

この笑顔を見ることは、もうない。

この写真を見せる機会は、もうない。

彼女と会って、話をすることは、もうない。

僕と彼女の、あの約束は、もう守れない。


みんな、みんな。僕のせいだ。


「――っ！　ううっ」

僕の中で何かが引き裂かれたような、壊れたような心地がして、ベッドにもぐり込み、その日は一日泣き続けた。

そうして、その年の夏休みは過ぎ去っていった。

5

夏休みは終わって、新学期に入った。

僕は、新学期に入ってから、学校に一度も行かなくなっていた。彼女のために受けていた授業を、彼女がいないのに受ける気になんてなれなかったのだ。

そうして、登校拒否を続けていると、外で遊ぶことも、ゲームをすることも、写真を撮ることすらしなくなっていた。ただひたすら、物思いに耽りながら一日を過ごす。そんな日々を送っていた。

両親は初めのころ、何があったのかと何度も尋ねてきた。それに対し、何も答えることのない僕の様子を見かねて、次第にしつこく問うのをやめた。ただ、言いたくなったら、言えそうになったら、言ってね。とだけ僕に言ってくれた。

正直、ありがたかった。僕はずっと、黙っていようと思っていたからだ。

自分が、わざとではないとはいえ、女の子を殺してしまったなんてことを、両親に話したらどうなるか……怖くて、ずっと黙ったままだった。

担任の先生や、誠也も、何度か僕のところにやってきてくれた。先生のほうも、何度か僕に、何があったのかを尋ねてきて、結局、両親と同じ対応に変わった。

誠也は、最初から何も言わなかった。学校どころか、外にも出ず、カメラを全く触らなくなった僕のことを見て、多分、何となく分かっていたんだと思う。

誠也はただ、学校帰りに僕の家に立ち寄って、学校でのちょっとした出来事を話して帰っていく。それだけだった。

みんなが、僕のことを心配してくれているのは、分かっていた。

何か行動に移さねばという、強迫観念じみたものが、時間がたつほどに大きく膨らんでいくのを感じていた。

けれども、僕は動けずにいた。

学校に行く意味も、外に出る意味も、僕がこうして生きている意味も、あやふやになっていく。

――僕は、どうやって、これまでを生きてきたんだろう?

そんなことばかり考えていた。

九月は通り過ぎ、あっという間に十月がやってきたころ。

玄関のチャイムが鳴った。夕暮れどきに、先生や誠也が連絡事項を伝えにやってくるから、今回もその類いだろうと思い、ゆっくりと腰を上げた。

しかし予想は大きく外れ、玄関の先にいたのは二人の大人。一人はスーツを着た男性で、もう一人は、落ち着いた感じの女性だった。年齢はどちらも同じく、三十代後半ほどだろうか。

もちろん、どちらも見たことのない顔だった。

「突然にやってきて申しわけない。ここは、浅野さんのお宅で間違っていないだろうか？」

男性のほうが、僕にそう尋ねてきた。

「はい、そうですが」

「……もしかして、君は、正樹君かい？」

「えっ、はい。そうですが……」

「すると、君があの子の友人か……」

僕が返事をすると、男性はそう言った。

「あの子って？」

「すまない。挨拶が遅れてしまったね。私は、一之瀬、美波の父だ」

「母です」

「美波ちゃんの、お父さんと、お母さん？」

改めて、二人の顔を見ると、目元や口元に彼女の面影があった。

「どうしても、あなたと会って少し話がしたかったの。お父さんか、お母さんはお家にいらっしゃる？」

家の奥のほうを見やりながら、彼女のお母さんは尋ねてきた。

「いいえ、二人とも仕事で出かけています」

「勝手に上がるのはまずいでしょう？　日を改めようかしら……」

「いいえ、大丈夫です。どうぞ、上がってってください」

どうして僕のところにやってきたのかは分からなかったけれど、とりあえず家に入れて、リビングの椅子を用意した。

用意した椅子に二人並んで腰を下ろした。彼女のお父さんの向かいに、僕も座った。

「君のことは前から少し知っていた。美波のところにいつもやってきている男の子がいるということはね」

彼女のお父さんは、机の上で手を組んで、僕の顔を見ながら言葉を続けた。

「君が、あの子を病院の外に連れ出したんだね？」

びくりと体が震えた。彼女の両親は自分の娘を殺した犯人を突き止めるために、こうして家を一つ一つ訪ね歩いて、ここにやってきたに違いない。そう考えた。

「ごめんなさい！　僕が悪いんです。僕があんなことをしなかったら、美波ちゃんが死ぬことなんてなかったのに！」

「違うんだ、そのことを責めに来たわけじゃない。話っていうのはね、君にお礼を言いに来たんだ」

――お礼？　いったい何の？

「美波は小さなころから病院暮らしで、病院の外のことなんてほとんど知らなかったんだ。話すと辛くなるだろうと思って、私も妻もほとんど、そういった話はしなかった。けれど、そうじゃなかった。あの子はむしろ、知りたがっていたんだ。同じ年の子なら誰もが行っている学校のことや、誰もが知っている外の世界のことを」

僕は彼女が、お母さんは学校の話をしたがらないと言っていたのを思い出していた。

「美波にいろいろと教えてくれてありがとう。あの子に、外の世界のことを教えてくれてありがとう。あの子の友達になってくれてありがとう。本当に感謝している」

二人は深々と頭を下げる。僕はそれに慌てふためくしかなかった。

「でも、僕が、僕が美波ちゃんを！」

「美波は言っていたよ。最後に外の世界の景色を、夏を自分の体で知ることができて本当によかったって。だからいいんだ」

彼女のお父さんは顔を上げて、にこりと笑った。口角の上がり具合がどこか彼女に似ていた。

「実は、あなたに渡したいものがあるの」

彼女のお母さんはバッグから、一通の封筒を取り出した。

「これは？」

「あの子の、あなた宛ての手紙よ」

それを聞いて、飛びつくように封筒を受け取り、中身を取り出した。数枚の紙が丁寧に折りたたまれて入っていた。

〝浅野　正樹くんへ〟と書かれた紙に、僕はゆっくりと目を通した。

『浅野　正樹くんへ

手紙なんて初めて書くから、うまく書けてなかったら、ごめんなさい。正樹くんから、手紙の書き方とか、聞いておくんだったと後悔しています。

ゆっくり書いているので、これがいつ書きあがるかは分からないけど、こうして読んでもらってるということは、無事に書き上げたことと思います。』

身体の弱い彼女にとっては、こうして何枚もの手紙を書くのも大変だったろう。

『外に出たあの日からずっと体調を崩しっぱなしで、水曜日は何とか話はできたけれど、その後に寝込んでしまって。どうにもおかしいと、お医者さんに尋ねたら、もう長くは生きられないだろうと言われてしまいました。
　けどこれだけは、はっきりと言います。こうなったのは、正樹くんのせいじゃありません。』

――僕のせいじゃない？
先が気になって、次の文に目を通す。

『以前にも話したように、私は体が弱く、肌の色も薄いので、日光に弱いことは分かっていました。なので、あの日は日焼け止めを塗ったりもして、十分に対策もしていました。だから、あの後すぐに戻れたら、あんなにも、包帯ぐるぐる巻きになることもなかったはずなのです。どうして、あのとき倒れたのかというと、これは、私も、あの後知ったのですが、あのときの私は別の病気にかかっていたみたいなのです。これは、今のお医者さんにも手が出せないほどの、ひどい病気らしく、長く生きられなくなったのも、そのせいなのだそうです。』

衝撃的な事実に、一度読んだだけでは頭の中でまとまらなくて、その文面を三回ほど読み返していた。

『だから、何度でも言います。正樹くんのせいなんかじゃありません。これは本当に、言ってしまえば、運の悪い出来事だったのです。』

——そんな、運だなんて！

心の中で留めていたつもりだったのだけど、もしかしたら、声が漏れ出ていたかもしれなかった。

この手紙には書いていないが、病状があんなにも悪化したのは、やはり僕が、彼女を外へ連れ出したからだろう。それまで全く平気そうだった彼女が、こんなにもすぐに命を落とすなんて、それしか考えられなかった。

それを一生懸命にごまかそうとする美波ちゃんの優しさは、うれしくもあり、つらくもあった。

そして、それは、目の前にいる美波ちゃんの両親も、同じだっただろう。

『もしかすると、正樹くんとお話しできるのは、あの日が最後になるかもしれない。

それが嫌だったので、お手紙を書いています。

なぜ、こうしてまで手紙を書いているのかというと、正樹くんに伝えたいことがあるからなのです。』


そこで一枚目が終わった。焦りと、もどかしさで手がうまく動かなかった。


『まず、一つ目。

私は自分の本心を、お父さんとお母さんに話しました。正樹くんが外に連れ出してくれた、次の日のことです。

どうして、あんなことをしたんだと、怒るお父さんとお母さんに対して、私は自分の本音を話しました。

本当は、学校や外の世界のことをきちんと知りたかったこと。私のために黙っていないで、ちゃんと話してほしかったこと。お父さんもお母さんも、ちゃんと聞いてくれました。

そして今は、お父さんやお母さんの代わりに、私に教えてくれる人がいることも伝えました。

正樹くんのこと、本当にいい子だねと二人とも喜んでくれました。今度、きちんと会ってみたいそうです。

もし会ったとしても、外に連れ出したことを怒らないようにと伝えておくつもりです。』

顔を上げて、二人の顔を見る。どうして顔を上げたのか理解が及んだらしく、二人して小さく笑ってくれた。

『こうして、自分の本心を話せたのは、正樹くんのおかげです。正樹くんがいなかったら、この病院で、外の世界へのあこがれを誰にも話せないまま、ずっと抱えたままだったと思います。本当にありがとう。』

手紙の前で、笑顔でお礼を言う彼女が目に浮かんだ。

『もう一つは、お礼のことです。

私は、どうやったら正樹くんに恩返しできるかどうか、ずっと考えていました。

学校のこと、外の世界のこと、夏のこと。これだけのことを教えてくれた分を、私にもできることで、どう返していけばいいのか、ずっと考えていました。

　それが、やっと見つかりました。』

　二枚目を読み切った僕は、病室を出る前にした、彼女とのやり取りを思い返していた。

　友達のためにお礼をと言っていた彼女は、いったいどんなお礼を考えていたのか。

　ゆっくりと三枚目に目を通す。

『私が、正樹くんに教えられるようなものは、本ぐらいしかありませんでした。だから、私は正樹くんに読んでほしい本を何冊か選んでみました。それがこちらです。』

　手紙の下には、本のタイトルがずらりと並んでいた。ざっと目を通してみても、両手で数えきれない本の名前がずらりと並んでいた。

『私が病院で、寂しい気持ちになったり、悲しい気持ちになったりしたときに、読んだ本です。この本を読むことで、励まされ、楽しい気分になれました。もしも、気分が落ち込んでしまったときには、これらの本を読んでみてください。

本にも書いてあったことですが。友達はお互いに助け合うものだそうです。私も、この本を紹介することで、正樹くんを助けることができるならうれしいです。』


並んでいる本の一冊には覚えがあった。

夏休みに入る前、彼女との話をどうしようと悩んでいたときに読んだものだ。他にも、彼女と話をしていたときに、お薦めだよと話していた本のタイトルがいくつか目についた。

四枚目。どうやらこれが最後らしい。


『あっという間に、紙が足りなくなっちゃいました。

実は、この紙は退院したらノートの余りを使っているので、枚数に限りがあるのです。あと使えるのはこの一枚なので、他にも話したいことはたくさんあるのですが、最後に絶対言いたいことを、書こうと思います。

やっぱり、私は生きていたかった。正樹くんと、もっと一緒にいたかった。

ちゃんと退院して、外の世界のことをもっと、自分の目と体で感じてみたかった。

夏だけでなく、秋や、冬や、春のことも知りたかった。

退院したらノートに書いていたこと、ちゃんと全部やってみたかった。後悔してないというと、ウソになります。けど、私は自分の人生に満足しています。』

人生に満足だなんて、大人が使うようなフレーズを彼女が使っていることに、僕は驚きが隠せなかった。誤解を承知で言うと、子どもらしくなかった彼女らしいと言えば、そうなのかもしれないとも思ったけれど。

『ほかの子たちのように、ちゃんと小学校に通って、たくさんのことを学ぶなんてことはできなかったけれど、代わりに正樹くんから、学校のことや、夏休みの過ごし方、他にもたくさんのことを教えてもらいました。それだけでも、十分です。

いままでずっと、正樹くんからいろいろと教えてもらってばかりだったけど、私からも、私が最近知ったこと、正樹くんに教えますね。本当につい最近のことなのですが。

セミって、一週間しか生きられないってよく言われているけれど、あれはウソだってこと、知っていましたか？　本当は一か月ぐらい生きるらしいです。それでも、土の中で三年から五年は幼虫として生きるらしいので、そう考えると、成虫でいられる時間はすごく短いのだけど。

そんなセミですが、私はずっと疑問でした。

どうして、土の中でそれだけの年月を過ごしておいて、わずかな期間、成虫になるときは土の中から出てくるのか。ずっと土の中にいればいいのにと、これまでずっと思っていました。正樹くんは、どうしてか分かりますか？』

そんなの分かるわけがないと首をかしげた。そんな僕を見て、ふっと笑う彼女の姿が目に浮かんだ。

『私、分かったんです。

セミは、私と同じで。外に出て夏というものを知ってみたかったんだと。』

彼女の声で、その文面が読み上げられたような気がして、はっと息を呑んだ。

『外の世界にいられた時間は、とても短いものだったけれど、私はちゃんと、外の暑さを、どこまでも広がる青空を、真っ白に輝く太陽を、確かに知ることができて、本当に良かったと思ってます。

これからは、私がきちんと知ることができなかった外の世界を、代わりに正樹くんがたくさん、楽しんでくれたらうれしいです。

約束、守れなくてごめんね。

正樹くんと友達になれたことは、私にとって一生の宝です。

これからも、ずっと、友達だよ。

大好き。』


ちゃんと書ききりたかったのだろう。四枚目は行間を詰めてぎっしりと書かれており、裏にまで文字が並んでいた。

最後の一文を読み切ったところで、涙が一粒、手紙に落ちた。涙の跡が、一個、また一個と増えていく。

「――っ、あああ!」

泣き声どころか、もはや叫び声に近かった。

目の前に赤の他人がいるにもかかわらず、僕はひたすら泣き叫んでいた。

僕のほうこそ、お礼を言いたいぐらいだった。

ただ、つまらないとしか思っていなかった勉強に、価値をくれた。

普通に過ごしていただけの世界が、こんなにも輝いているのだと、気づかせてくれた。

その人のために、何かをしてあげたいと思えるような、大切な人になってくれた。

僕という人間が変わったのは、間違いなく彼女のおかげだった。

けれど、お礼を伝えることはできない。謝ることもできない。僕だって大好きだと言うことさえできない。彼女は死んでしまったのだから。

どうして死んでしまったのか。

どうして、こんなにも早く、別れなければならなかったのか。

もっとずっと、一緒にいたかったのに。もっと彼女と話をしていたかったのに。

これから先の秋も、冬も、春も、そしてまたやってくる夏も。彼女に伝えたかった。

いつか、彼女に見せてあげたかったのに。

それは、もう、叶わない。

涙の流しすぎで目が痛くなっても、叫びすぎでのどが嗄れても、それでも泣くのはやめられなかった。

「正樹くん、顔を上げてくれないか」

僕が泣いているのをずっと見ていた彼女のお父さんは、腕を伸ばして、僕の肩に手をのせて言った。僕は涙をぬぐうことも忘れて、ゆっくりと顔を上げる。

「美波の願いは、私たちの願いでもある。君には、あの子の代わりに楽しんで生きてほしいんだ。あの子が少ししか知ることが叶わなかった、外の世界のことをきちんと見て、感じてほしい」

——僕は、生きていてもいいのかな。

学校に行かない間、僕はずっと考えていた。僕のしてしまった取り返しのつかないこと、そのためにやらなければならない償いのことを。

これまでは、先生に怒られた後で、相手に謝って許してもらっていた。けれど、このときは違った。誰も怒らなかったし、誰に謝ればいいのかも分からない。どうしたら許してもらえるかも分からなかった。

「僕は本当に、美波ちゃんの代わりに生きてもいいの？」

「もちろんだとも。というより、生きてほしい、かな」

「怒ったりとか、しないの？　罰とかないの？」

「怒ったりなんてするものか。言っただろ？　君にはお礼を言いに来たんだって。本当にありがとう」

僕はやっとのことで、彼女に対してできることに気づいた。

もうこの世にいない彼女のためにできることは、彼女の代わりに生きて、世界を知ること。

それが、彼女のためになるというのなら、僕は生きていこう。彼女の代わりに、外の世界に触れて、見て、感じながら生きていこう。そう決心した。

そんな僕の様子を微笑みながら見ていた彼女のお母さんは、ようやく、僕の涙が止まったのを見て、バッグから紙を取り出した。

「これは、私たちの家の住所。たまにでいいから、あの子に会いに来てあげて。あの子が薦めている本も置いてあるから、読みたくなったら、取りにいらっしゃいな」

「はい、必ず」

いつか退院したら、病院の外で遊ぶという彼女との約束は、もう守れない。けれど、これからも話をしに行くことだけなら、写真を見せてあげることだけならできる。きっと彼女に、僕の声が届いていることを願って。

それだけでもきっと、彼女は喜んでくれるはずだから。

「それじゃ、お邪魔したね。君のお母さんやお父さんにもよろしく伝えておいてくれ」

「あっ、ちょっと待っててください」

帰ろうとする二人を制して、自分の部屋に駆けこんだ。本棚の奥にしまい込んだ冊子を取り出して、戻ってくる。

「これ、美波ちゃんのために作ったんです。どうぞ、持っていってください」

それは、夏休みの写真を詰め込んだ、あのアルバムだった。

「……美波のために、わざわざありがとう」

「私たちも、少し見せてもらってもいいかしら？」

無言で頷き、アルバムを彼女のお母さんに手渡した。ゆっくりとした動きでアルバムが開かれ、中に目を落とした。彼女のお父さんも、後ろからそれをのぞき込んだ。

夏休みに、僕と誠也でいろんな所に行って、撮ってきた写真。二人は、それら一つ一つをどこか懐かしさを思わせるような瞳で眺めていく。

その途中で、一枚の写真がアルバムから零れ落ちた。

あっ、という声が漏れた。そういえば、あの写真だけまだ貼り直していなかったのだ。

彼女のお父さんは、自分の足元に落ちたそれをゆっくりと拾い上げる。そしてその写真をまじまじと見つめている最中、その目から涙が零れ落ちた。

「そうか……美波。そんなに、うれしかったんだな……」

片手で目元をぬぐいながら、彼女のお母さんに写真を渡す。お母さんのほうもしばらく写真を眺めて、ぽろぽろと涙を零していた。

「正樹くん、この写真も貰っていいかしら？」

「ええ、それもアルバムに貼る予定のものだったので、構いません」

「ありがとう」

彼女のお母さんは、アルバムの中に大切そうに写真を挟み込んだ。

「あの子の友達が君で、本当に良かった」

二人の見せる笑顔は、どこか彼女の面影が見えて、どこか悲しくもうれしかった。


彼女の両親を見送った後、僕は自分の部屋に駆けこんだ。自分の机の上に置きっぱなしにしていたランドセルを手に取る。

ついでに、ランドセルから筆箱を取り出して、彼女が用意してくれた本のリストの一つにチェックを入れた。この本も、学校に返さないといけない。

ランドセルを背負って、玄関へと歩き出す。授業は終わっているはずだけれど、一度学校へ行ってみたい。衝動的にそう思ったのだ。

家を飛び出すと、涼しい風が、僕の少し伸びた髪をはためかせる。

夏は終わり、季節は秋へと変わっていた。

セミの鳴き声は、もう聞こえてはこなかった。

エピローグ

職場からの帰り道。

いつもより仕事が早く終わったので、その足でそのまま彼女の家に向かった。

インターホンを鳴らすと、彼女のお母さんが出迎えてくれた。あれから十五年たった今でも、まだ若々しい。

結局、あの後しばらくは、彼女の家へ行く勇気がなかなか持てず、行くことができたのは、秋も深まった十一月ごろだった。一か月もたって突然やってきた僕を、彼女のお父さんとお母さんは快く迎えてくれた。

その日以来、毎週土曜日というわけではないが、たまに彼女の家を訪れていた。大人になった今でも、こうして夏には必ず、彼女に会いに来ていた。

彼女が死んでから何年かは、夏が来るたびに彼女を思い出して辛かったけれど、今はきちんと受け止めている。

大人になった今は、彼女にお礼を言いたいぐらいだ。彼女との出会いが僕を大きく変えてくれたから。

不真面目に受けていた授業を真面目に受けるようになり、苦手な算数もきちんとできるように勉強し、そして何よりも、自分の命というものを大切にするようになった。

「それで、新しい学年の担任はどう？　大変でしょう？」

「そうですね、大変です。小学五年生なものだから、本当に男の子は生意気盛りで」

あのころ、彼女に授業の話をしていた僕は、大人になってから、子どもたちに授業をするようになっていた。

そう、教師になったのだ。

彼女との一件で、誰かに何かを教えること、伝えることが好きなのだと気づき、いつしかこの道を選んでいた。

きっと天職なのだと思う。

もちろん、うまくいかないことも、大変なこともあるけれど、充実した日々を送っている。

その他にも二言（ふたこと）、三言（みこと）、世間話をしながら彼女の仏壇へと向かった。

おりんを鳴らし、手を合わせて、ここしばらくの出来事を彼女に伝えることにする。

近頃は忙しくて、なかなか彼女に伝えられていなかったのだ。

どれだけ時間がかかるか分からないけれども、聞いてもらうことにしよう。

あらかた話をして、ゆっくりと立ち上がった。

ふと、何気なしに部屋を見まわしてみる。

部屋にあるのは、小さな本棚と、机、そして仏壇だけだった。ずっと入院していて、使われる機会はなかったのだが、本来は、ここが彼女の部屋になる予定だったそうだ。

机の上には、あのときに撮った写真が額縁に入れられて置かれている。

僕はそれを手に取って、ずっと変わらない彼女の笑顔を愛おしく眺めた。

あの夏に始めた写真撮影だが、今では趣味の一つになっている。

いろんな所を旅して、何気ない景色の一部を写真に収めていた。これらの写真はきちんと彼女に見せているのだが、それだけでなく、周りの人や、彼女の両親、受け持っている児童たちにも見せることがある。もちろん、そのときのエピソードも忘れずにだ。特に教え子たちの反応は非常によかった。

彼女はどうなのだろう。喜んでくれているとうれしいのだが。

他にできた趣味と言えば、読書だろう。

彼女が紹介してくれた本はきちんと読んでみたくて、足繁く彼女の家に通っては、この部屋の本棚にある本を読み漁っていった。

その甲斐あって、彼女から受け取った本のリストには、すべてチェックがついてある。読み終わるたびに感想を彼女に伝えておくことは忘れなかった。

それからも、本屋で面白そうな本を見つけては、読むようになっている。

たまに、彼女にも薦めたい本なんかもあって、それも彼女に話すようにしていた。

「読んでみたかったなー」なんて、少し膨れた顔の彼女が、毎回頭に浮かんで、思わず笑いがこみあげてしまう。

こうして、今の僕ができた。

こんな僕になれたのは、間違いなく彼女のおかげだと思っている。

あの、忘れられない夏の思い出は、やんちゃ坊主だった僕を、確かに変えてくれたのだ。

彼女との別れを受け入れた今となっては、僕の中で夏を構成するものの中に彼女も含まれるようになっていた。

日差しの暑さ、うるさく鳴くセミたち、突然降りだす夕立や、雨が止んだ後に空に架かる虹。そういったもののうちの一つに彼女が存在するようになったのだ。今までなかったのが不思議なくらいに。

僕にとって、それほどまでに彼女が大きな存在になっていた。それは、これからもずっと変わらないだろう。

お参りを済ませ、また少し世間話をした後で、彼女の家を出た。自分の家へ帰る途中でスマホが振動する。ＳＮＳの通知だったようで、相手はというと誠也だった。

「お疲れ。もうすぐ小学生は夏休みだろう？　空いている日はあるか？　また、二人でどっか出かけようぜ」

誠也とは、大人になった今でもこうして遊ぶような仲だ。

彼はというと、旅行会社に勤めている。その伝手もあって、こうしてお互いの休暇を利用してよく旅行をしていた。

「賛成。まだスケジュールがはっきりしていないから、分かったら連絡する」

そう送ると、了解という文字が可愛らしく描かれたスタンプが返ってきた。

――近頃、写真なんかも撮っていなかったからな。彼女にも最近写真を見せてないし。久しぶりにいい写真が撮れるといいな。

そんなことを考えながら帰路を歩く。

ふと、朝に通りがかった公園に目を向けると、セミの幼虫が木を登っているのが見えた。今夜にでも脱皮をするのだろう。動いているセミの幼虫を見るのはこれが初めてだった。

すぐさまスマホを取り出し、写真を撮った。本当は立派なカメラで撮りたかったのだが、用意していなかったので仕方がない。

この写真を病院にいた彼女に見せたなら、どういった反応をしてくれただろうか。

そんなことを考えている間にも、セミは木の幹をどんどん登っていく。

このまま去ろうかとも思ったが、一つ、伝えたいことがあった。言っても分からないだろうが、それでも、セミに対して呼びかけた。

「外の世界は暑いからな。気をつけろよ」

あのセミはこれから、夏を知ることになる。

彼女のあの笑顔を、思い出さずにはいられなかった。

著者プロフィール
若崎 拓馬（わかさき たくま）
1996年、福岡県生まれ福岡育ち。
子どもと関わる仕事をしながら、小説を細々と書く暮らしをしている。

イラスト協力会社／株式会社ラポール イラスト事業部

あのセミはきっと夏が知りたい

2024年3月15日　初版第1刷発行

著　者　若崎 拓馬
発行者　瓜谷 綱延
発行所　株式会社文芸社
〒160-0022 東京都新宿区新宿1－10－1
電話 03-5369-3060（代表）
03-5369-2299（販売）

印刷所　株式会社暁印刷

ISBN978-4-286-25129-5